人生にかしがある

旅ゆけば…ドクター、折々の思索

喜久村 徳清

ボーダーインク

人生にかしがある

目次

日常診療の傍《かたわ》ら

一九四四年に生まれて

五感で旅をする

問いかけてくるもの

人生にかしがある

チョット聞いたホントの話

『那覇医報』より
1994年夏季号③
1994年秋季号①②⑰
1994年冬期号④⑥⑦⑨⑪⑭⑮
1995年新春号⑤⑬⑱
1995年夏季号⑩⑯
1995年秋季号⑧⑫

日常診療の傍《かたわ》ら

起・承・転・結

本欄（『沖縄医報』*「緑陰随筆」）への原稿依頼があり、何を書いたらよいか困り、悩んでいるうちに、これは死を宣告された癌患者の心理的な四つの段階の変化―即ち驚愕、否定、認容、目標に向かって努力する―に似ているのではなかろうかと思った。*1

少々おおげさだが、突然の原稿依頼は晴天の霹靂であり、日常生活とはかけ離れた予期せぬ報せであった。驚きとともに自分にはとても書けまいと否定的、反抗的になっているうちに、何か書くものはないかと探すようになった。今では締切日が気になるようになり、とにもかくにもこれは相似た心理的変化と思われた。

それにしても、忙しい時は逆に趣味へ流れようとするものである。多忙な臨床医でかつ多趣味な方は多い。中には趣味が高じて一流の域に達した人もいる。しかし種々雑多な趣味のうち、誰がどういう趣味を選ぶかは全くわからないという。科学的、学問的には解明し難く、その類型化は恐らく将来も無理であろうと、ものの本に書いてあった。

＊沖縄医報　沖縄県医師会報の略称（毎月刊）
　那覇医報　那覇市医師会報の略称（季刊）

小生は本年四月より泉崎病院にお世話になっている。* 忙しい毎日を過ごしているが、それでいて下手ながらゴルフにも行くようになった。〝四十歳にして惑わず〟どころか、四十歳を過ぎてからしたいことで一杯である。これは惑っているせいなのか、尋常ではない状態なのかと考える時もある。しかし今や人生八十年の時代である。一説によると、人生五十年といわれた時代の二十歳は現代の三十二歳に該当し、前者では十歳年をとるのに現代人は十六年を要しているという。その計算によると四十代前半の小生は、人生五十年時代で二十代の後半となり、いろいろなものに興味を示してもおかしくない年齢となる。とはいうものの、現代社会の時間の経過は速く、忙しいと感じている人は多いのではなかろうか。

泉崎病院では循環器系疾患を担当させてもらっている。生物は体内の隅々まで血管系がはりめぐらされているから、広義に解釈すれば脳、心臓、腎臓、動静脈系に限らず全組織、細胞に関わる疾患が担当範囲に含まれる。というのは診断や治療法が発達した現代の臨床医学に興味をもっているからで、〝何でもみてやろう〟という気分である。医師になりたての頃はアンビューバッグを押し、洗濯板を敷いて心臓マッサージをした苦労があったが、現代では、vital sign の二十四時間 monitor、数多くの治療薬の発達と中心静脈投与法の進歩、ＤＣショック、従量式人工呼吸器等の開発、ＩＣＵ、ＣＣＵの普及で重症患者

＊　私が琉大医学部附属病院を辞し、1987 年 4 月より、泉崎橋際にあった泉崎病院に入職した際、医師会入会を強く勧められた。早速、8 月発行の随筆特集掲載のための依頼文が届き、この文面で寄稿した。

のcareも格段の進歩を遂げている。[*2] 延命術が発達した現代では、重症患者の付き添いの家族が看護疲れでネをあげる例もあると聞く。[*]

臨床が面白いと思っている頃、二十三歳の独身の女性がお腹が痛いといって救急室を訪れた。貧血もあり、まずは静脈を確保しようと血管を探しているとショック状態に陥った。〝妊娠を疑え〟という諺に従って子宮外妊娠を疑っていたが、本人は頑として生理はあると答える。それでも申し訳ないと思いながら検査をすると、妊娠反応は陽性であった。あわてふためき産婦人科医へ紹介し、これも循環器系疾患の範囲に入るものかと考えながら、臨床は恐ろしいとつくづく思った。[*3]

医学部卒業後しばらく沖縄で臨床、救急医療に従事した。その後大学に戻り疫学の研究にたずさわる機会に恵まれた。それは昭和四十九年のことで、今でこそ老人保健法が成立し、成人病の予防医学が全国的に広まったが、当時は研究の段階であった。危険因子（risk factor）という術語は現在、内科の教科書にも載っているが、当時はpredictor（予知因子）、predisposing factorなどと、専門用語も混乱していた。何が疾病、成人病に悪い影響を与えるのかもわかっていなかったが研究の進歩はめざましく、現在では疾病の早期発見のために集団検診や人間ドックは欠かせないものになっている。これはその方面の研究が地味で、その位置づけが定かでなかった時代に比べると隔世の感があり、喜ばしいことである。[*4]

＊　後に介護保険制度が創設された大きな要因の一つである。

病院には離島や国頭から受診に来る人達もおり、患者から教わることも多い。また地域の行事にも参加して祭り好きのウチナーンチュの一面を発揮し、皆と楽しんでいる。今般、県医師会に入会させていただくことになった。暖かい御指導、御鞭撻をお願い申し上げる。

（『沖縄医報』一九八七年八月号、四十三歳）

＊1　精神科医キューブラー・ロスはガン患者が死を宣告された際、受け入れるまでに四つの段階があることを初めて明らかにした。まず否認し、孤立、怒り、次の段階で治るために取引きをし、その効果が期待できないと抑うつ、そして死を受け入れる受容に進むという、画期的な業績がある。本稿ではアレンジして執筆。キューブラー・ロス、鈴木晶訳『死ぬ瞬間―死とその経過について』（中公文庫）等著書は多い。臨床医にとっては多方面に役立っている。

＊2　私は一九七〇年より三年間沖縄県立中部病院（現）で臨床研修を受けた。当時は診断・治療・手術も限られていたが、満床時も廊下に予備ベッドを設けて救命する熱意はみなぎっていた。救急室で「女性を診たら妊娠を疑え」という言い伝えも日常的に経験する時代であった。ベッドは米軍払い下げ品のスプリングの効いた金属製。心臓マッ

サージで胸部を圧迫するたびにベッドが揺れるので洗濯板を患者さんの背に敷くように工夫していた。洗濯板はどこでも買えたが、病棟のどこに保管されていたかは知らない。

＊3　かなしいこと　http://kanashiikoto.com/

後にインターネットが普及し始めた頃、右記にアクセス。女性が胎内に児を宿す real な実情を知った。生れ出ずる不思議、はかり知れぬ超自然のわざに驚愕した。妊娠に密む深刻な悲劇、望まない妊娠、女性が絶対認めたくないが、それでも厳然とした妊娠の事実が在ることを、このサイトは知らせてくれる。

＊4

8月18日（木）、夕方。車で帰宅中、ラジオのアナウンサーが。

……古くなったプラグは取り換えましょう。中古になると燃費も悪くなります。決して高価なものではありません。
……。タトエバ、コレステロールが動脈にたまり、動脈硬化が進行するのと同じように、古くなっているのです……。

世の中も変ったヨ。

＊はじめにあたり＊

初めて医師会報に載ったエッセイから二十八年が経ち、その後書き上げた随筆が貯まったためまとめてみたのが本書です。日常診療の傍ら執筆してきたものを編集のために読み返してみると、私の中にあるものが全く変わっていない部分があることに自分自身で驚きます。が、それは他人には通じることでもあるまい。個々人で考えは異なるということ以外にも、時代という波がそこに介在して変化が凄まじいことにも由来するからです。その意味で分りやすく、二つの視点、すなわち執筆する私と読者のこと、および昔に生きていた者と、今の時代に生きている者を可能なかぎり意識して、相互に理解が深まるように意を用いました。

具体的にはその当時（その時代）の雰囲気も残しておく必要から初出を尊重し、タイトルも掲載順もほぼ踏襲した。現在からみると全く異なってしまった部分や、必要な個所には現時点でのコメントを付け加えました。

小話（チョット聞いたホントの話）は、私が那覇医報の編集責任者であった時代に、本当に聞いた話を医報にその都度寄稿したものです。同時代を生きたものには同様の経験知があり、説明せずとも理解される暗黙知がありました。が、本書では本文の内容に即して配列を変えており、そのため実際の医報掲載時の年月とは大きく異なるところがあります。

医報掲載の年月や、執筆時年令も文章のあとに記しておきました。

命《ヌチ》どう宝

今年も早や夏が来て暑い毎日を過ごしている。この原稿を書こうと早起きしたらニイニイゼミのなき声のうるささは逆にすがすがしく思えた。

国の内外で歴史の流れを感じさせる事件が相次いでいて、最近は食傷気味な感もある。半年前にベルリンの壁が崩壊し、歴史の転換期を、映像を通じてではあるが目のあたりに見て、目をみはるような驚きを覚えたのは私一人ではあるまい。今年、ソビエト連邦で大統領制が施かれたこと等、人類の英知、進歩を実感した。冷戦構造を脱却した世界の歴史は、確実に明るい方向へと転換しつつあるのだろう。

インフレ懸念等の問題が指摘された東西両ドイツの通貨統合も無事実行され、今後、国民はその恩恵を受けることになるにちがいない。また、ソ連では共産党大会が開かれた。党は建国以来の存亡の危機に直面し、ゴルバチョフ大統領が失脚するかもしれないという観測もあった。新聞によると、脱党、新党結成者が出たが、ゴルバチョフ体制は新任の副書記長の就任も含めて健在だったという。今後、紆余曲折を経て変革は成し遂げられるだろうが、当初の驚きは無く、楽観的にみている（この原稿を書いているあいだ大会は開かれていたが推稿しているうちに大会は終わってしまった）。

沖縄（の過去）にも世界情勢の波をもろにかぶるできごとは多かった。手許に資料が無いので記憶をたよりに書くことになるが、沖縄の祖国復帰前の一九六八年、嘉手納基地でB52爆撃機の爆発炎上事故がおきた。[*1] その後、もしその爆撃機に核爆弾が搭載されていたら沖縄本島は壊滅的な打撃を受けていたことだろう、との新聞記事を読み、当時、福岡に居て心配したことを思いだす。その爆発事故の後、沖縄県民は「命どう宝」を合言葉に生命を守るためのデモ行進をしたという。示威行動をしなければ生存がおびやかされるという事態が、私には悲しく思われた。[*2]

〝命どう宝〟という言葉をその時はじめて知った。後に、その語源を母に尋ねたら、琉球芝居の「首里城明渡し」に、琉球国最後の国王、尚泰が「戦世ん済まち　ミルクユー（弥勒世）んやがて　なげくなよ臣下　命どう宝」と言うシーンがあるそうだ。以来、〝命どう宝〟の言葉はよく耳にする。その精神は沖縄に古くからあったといい、県民のものの考え方の根底に脈打っているように推察される。専門家の意見も聞いてみたいところだ。[*3]

話は変わるが、沖縄県医師会ではこのたび交通遺児育成基金造成のため、チャリティー写真展を開くという。写真展開催を知る以前から、交通事故はどうにかならぬものかとつ

＊1　当時、家庭に電話もない時代に手紙を書く元気もなく、新聞等ニュースも届かず、不安で、心配で下宿先でうちひしがれて閉じこもっていたことを思い出す。

＊2　日本が平和を謳歌し、経済発展を遂げている状況とは裏腹に、「B 52撤去・原潜寄港阻止県民共闘会議」が結成され、沖縄の戦後は終っていなかった。

ねづね思っていた。とくに身内の者が交通事故を経験してからは、ひとごととは思えなくなった。

誕生日を前になんとなく気分が浮いていたある朝、今日はどんないいニュースがあるかと期待して広げた新聞のトップ記事が「無免許バイクの少年死亡。暴走、乗用車に追突」で、さらに「先月27日に17歳の少年によるひき逃げ死亡事故があったばかり」とあった。それは私にとって実に衝撃的なことで、「交通事故をこの世からなくそう、交通事故は予防できるか、医師として何をなすべきか」と痛切に考えたのである。[*4] 不慮の事故死は日本人の死因の中で比較的上位に位置している。その中で交通事故死の占める割合は高く、専門領域の医師がそれぞれ治療へ参加しているが、事故そのものを減らす予防医学的アプローチも今後、必要なのではなかろうかと考えている。

残念なことに、今の私にできることはチャリティー写真展に出品することぐらいである。それがどれほどの意味をもつかはわからない。はっきり言えば、たかが知れている。私がなれない手つきでカメラを持ち歩いても、でき上がった写真には失敗作も多いので、写真を撮影する労力を他に向ける方がまだいいかもしれない。それで事故が減るわけでもないし、もう少しマシなことができないものかと自問自答しながら、それでもやはり、参加するつもりで頑張って撮っている。[*5]

＊5　写真展へは現在でも毎年数点出品しており、今年（2015年）の那覇市医師会主催が催されれば15年目になる。

先日、新潟からはるばる沖縄へ転勤を希望してきた、ふだんはのんびりしている一風変わったハッスルマン氏と談笑する機会があった。彼に親しみを感じたので「なぜ沖縄なのか」を尋ねてみたところ、新潟での生活は積雪との闘いだったという。

身の丈以上に積もった雪を屋根から降ろすのに、雪かきどころか、雪ほりをしなければならない。毎年、雪の季節になると、その作業が待ちうけていて、そのうちふと自分の行動の虚しさに気づいたという。腰痛をおして屋根から降ろした大量の雪が、太陽が上ってくると跡形もなく消滅してしまったのだ。自分の労働は一体なんだったのかと考え、雪の降らない南の沖縄へ憧れを抱くきっかけになった。そうして今、（親・兄弟・財産を捨て来た）沖縄で、雪ほりの苦労のない気候風土の中で、憧れに違わぬ生活をしている（?）と話してくれた。

私は自身の失敗作の写真を見ながら、かつ、また交通事故は予防医学の対象になりうるかを考えながら、ふと、ハッスルマン氏の雪ほりの話を思い出してしまった。私の行動は雪ほりなのか、または新しい歴史を展開する建設的な作業なのか、考え迷いながら、暑くて熱い夏を過ごしている。

（『沖縄医報』一九九〇年八月号、四十六歳）

＊3 「命どぅ宝」の歴史的経緯に関する文献（波平八郎「命どぅ宝」の典拠『沖縄学 沖縄学研究所紀要 第七号』二〇〇四年三月沖縄学研究所発行）を後年拝読する機会があった。私なりに解釈し、説明すると『〝命は宝〟という考えは古くからあり、諺も平安時代に記載がある。沖縄にも同様の考えは広く人々の言葉の中にあって、組踊「屋慶名大主敵討」に〝命どぅ宝〟は使われていた。大城立裕によると、山里永吉の戯曲「那覇四町昔気質」（一九三四年初演）で劇の幕切れの際、尚泰王が東京へ発つ船の上で詠む。最近はやはり山里の戯曲「首里城明渡し」で演出を焼きなおしている。しかし、その時点で観衆に感動を与え、一般用語として使われていた言葉は特定の作者に属するものではない』。

今次大戦後、沖縄の社会的状況を背景にしてこの「命どぅ宝」の諺は広く使われている。二〇〇〇年沖縄県万国津梁館で行われた沖縄サミットではクリントン米国大統領が引用し、そして今年二〇一五年六月二十三日、慰霊の日には代表者が朗々と謳いあげた。「命どぅ宝」という諺は普遍的な世界的な思想である。

＊4 サンデー評論「事故への予防対策」（『沖縄タイムス』一九九〇年【平成二年】九月九日【日】付）の新聞投稿をした（次頁掲載）。また、日本交通医学会の存在を知り入会しようと問合せたらおかど違いであった。交通事故防止の詞、「ストップ・ザ・交通事

故」を作詞し、病院の真向かいにある有名音楽家の喫茶店「寓話」に行き、作曲をお願いしとりかかったが、日の目をみなかった。

事故への予防対策

厚生省の救急医療体制検討会は、ドクターカーの救急医療業務への導入を答申した。そして救急隊員が救急現場で救命処置を行える道も開いた。救命率の向上が期待され、欧米各国に立ち遅れている救急医療の充実のため、喜ばしいことである。早急な実現を望むが、今後解決すべき問題点も多いという。

九月九日の「救急の日」に、みなで考えるべき問題であろう不慮の事故に限定して、見過ごすことのできない三つの視点を指摘しておく。

まず第一に、不慮の事故は予防が最も強調されるべき点である。すべての事故が不可抗力とは限らないからだ。さ細な不注意でも事故は起こる。無理や無謀な行動が事故をひき起こし、不摂生、飲酒、不眠が事故の誘因となることはよく知られている。さらに一瞬、魔がさしたように事故に見舞われることもある。

このように事故は前兆を伴うものであり未然に防げる可能性を含んでいる。ただし事故そのものは極めて個別的で個人の責任に帰すべき面も強いため、だれもそれを口にすることは好まなかった。しかしながら昨今の事故のニュースをよく考えてみると、組織だてた注意、予防対策を呼びかけることが必要な(残念な)時代になってきていると思う。

第二点は、不慮の事故死がとくに将来を担う若い人に多いということである。現在はがんや心臓疾患、脳卒中が死因の上位を占めているが、予防を含む包括的な医療が施されて、今後はその減少が予測されている。そのとき、さらに事故死は相対的に増加する。

日本人の出生率低下が社会問題化し、厚生省は子供が健やかに生まれ、育つための政策を検討しているという。結構なことと思うが、すでにこの世に生を受けた若者が〝死に急ぐ〟不慮の事故に対しても、行政当局の積極的な対応策がとられてしかるべきである。

第三点は、不慮の事故がもたらす影響、経緯から問題を考えてみたい。医師として救急車で運ばれてくる脳卒中、心筋梗塞（こうそく）の患者を診察することがあるが、家族の驚き、嘆き、悲しみに圧倒されることがある。先刻まで元気だった人がどうして急に病気になるかと問われるが、病気とはこのありさまである。予防が強調されても、発病した後は取り返しがつかない。残酷である。小児科の救急室には発熱患者が多く訪れるが、どんな病気よりも事故が恐ろしいと小児科医は語る。

不慮の事故は健康な人間を突然襲うため、その〝無念の死〟が近親者に与える衝撃は想像に難くない。それでも、死んだ当の本人は知らぬが仏である。生きていて周りの非常な驚きの原因が己自身の起こした事故であることを知ったとき、二度とくり返さぬことを心に誓うに違いないが、後悔先に立たず、後の祭りである。

　この観点から事故をふり返ってみると、多様な不慮の事故は当事者本人のみの問題ではなく、親類縁者、すべての生きている人間にかかわる問題である。さまざまな手段で、さまざまな予防法を考え出すべき時代になったと痛感する。（那覇市識名・医師＝投稿）

サンデー評論

事故への予防対策

家族や組織でも検討を

喜久村徳清

　厚生省の救急医療体制検討会は、ドクターカーの救急医療業務への導入を答申した。そして救急隊員が救急現場で救命処置を行える道も開いた。救命率の向上が期待され、欧米各国に立ち遅れている救急医療の充実のため、喜ばしいことである。早急な実現を望むが、今後解決すべき問題点も多いという。

　九月九日の「救急の日」に、みなで考えるべき問題であろう不慮の事故に限定して、見過ごすことのできない三つの視点を指摘しておく。

　まず第一に、不慮の事故は予防が最も強調されるべき点である。すべての事故が不可抗力とは限らないからだ。さ細な不注意でも事故は起こる。無理や無謀な行動が事故をひき起こし、不摂生、飲酒、不眠が事故の誘因となることはよく知られている。さらに一瞬、魔がさしたように事故に見舞われることもある。

　このように事故は前兆を伴うものであり、未然に防げる可能性を含んでいる。ただし事故そのものは極めて個別的で、個人の責任に帰すべき面も強いため、だれもそれを口にすることは好まなかった。しかしながら昨今の事故のニュースをよく考えてみると、組織だてた注意、予防対策を呼びかけることが必要な（残念な）時代になってきていると思う。

　第二点は、不慮の事故死がとくに将来を担う若い人に多いということである。現在はがんや心臓疾患、脳卒中が死因の上位を占めているが、予防を含む包括的な医療が施されて、今後はその減少が予測されている。そのとき、さらに事故死は相対的に増加する。

　日本人の出生率低下が社会問題化し、厚生省は子供が健やかに生まれ、育つための政策を検討しているという。結構なことと思うが、すでにこの世に生を受けた若者が〝死に急ぐ〟不慮の事故に対しても、行政当局の積極的な対応策がとられてしかるべきである。

　第三点は、不慮の事故がもたらす影響、経緯から問題を考えてみたい。医師として救急車で運ばれてくる脳卒中、心筋梗塞（こうそく）の患者を診察することがあるが、家族の驚き、嘆き、悲しみに圧倒されることがある。先刻まで元気だった人がどうして急に病気になるかと問われるが、病気とはこのありさまである。予防が強調されても、発病した後は取り返しがつかない。残酷である。小児科の救急室には発熱患者が多く訪れるが、どんな病気よりも事故が恐ろしいと小児科医は語る。

　不慮の事故は健康な人間を突然襲うため、その〝無念の死〟が近親者に与える衝激は想像に難くない。それでも、死んだ当の本人は知らぬが仏である。生きていて周りの非常な驚きの原因が己自身の起こした事故であることを知ったとき、二度とくり返さぬことを心に誓うに違いないが、後悔先に立たず、後の祭りである。

　この観点から事故をふり返ってみると、多様な不慮の事故は当事者本人のみの問題ではなく、親類縁者、すべての生きている人間にかかわる問題である。さまざまな手段で、さまざまな予防法を考え出すべき時代になったと痛感する。

（那覇市識名一ノ一ノ三一・医師＝投稿）

続・命どぅ宝

一九九〇年八月二日、イラクのクウェート電撃侵攻があった。当初は狂人フセイン大統領の奇怪な行動とみられていたが、三か月経った現在も解決の糸口がみつからず、時間の経過とともに重苦しい側面をみせている。それはかつての米ソのような超大国の覇権が不在になったため、世界の新しい秩序の再構築に向けての生みの苦しみ、と解説されている。話し合いによる平和的な解決のきざしもあるが、戦闘状態に備えて大量の多国籍軍がペルシャ湾岸地域に集結している。

米国はベトナム戦争以来、十数年ぶりに大量の海外派兵となる。出兵間際の寸時、若い兵士は幼い子供を抱いた妻と別れを惜しんでいた。

一九九〇年十月三日午前八時前、肝臓癌を告知していた七十九歳の老女の死亡を確認し、少々心おだやかならず医局にもどってきた。テレビはドイツ時間の十月三日午前〇時を一、二分後に控えて、東西両ドイツの歴史的統一の瞬間を伝えようとしていた。アナウンサーの声音のトーンは高まり、サーチライトで浮かびあがったブランデンブルク門はテレビのアングルも絶妙で、無数の花火とその煙霧とで映えわたった。それは新しい歴史を告げる瞬間にふさわしく、中世の美しい絵画を見ているような錯覚におちいるほどだった。

私の医学生時代はベトナム戦争の真最中であった。六〇年代後半、パスポートの検閲を受けて帰省すると、ベトナム戦争の余波は沖縄中どこに行っても色濃くただよっていた。卒業して県立中部病院の研修医となり、一九七二年十月、キャンプ桑江（Camp Kue）の軍病院（Army Hospital〔現在の Navy Hospital〕）で研修する機会があった。軍医は三十歳前後と若く、ローテーションで本国から来沖していた。入院患者は在沖米軍人やその家族、ベトナム派遣兵の疾病者がいた。Fresh な性感染症（Venereal disease・STD）の患者やヘロイン注射の回し打ちによる肝炎患者がおり、肝炎ウイルス感染者は鉄格子の中に入っていた。

この病棟には戦争の恐ろしさが満ちていた。なかでも、喘息患者の若い兵士は強く印象に残っている。ベトナム軍との交戦（戦闘）状態に入り、攻撃用ヘリコプターから機関銃を連射しているうちに初発症したものだという。主治医から紹介されて問診しているうちに、当の患者はふさぎこみ、うずくまってしまった姿を忘れることができない。

その後何年か経ってから、ベトナム戦争を題材にした映画が封切られる時代になった。一九八〇年、巨額の撮影費用をかけて創ったフランシス・F・コッポラ監督の話題作「地獄の黙示録」（一九七九年制作）が上映された。前半はリアルな戦争場面の描写になっているが、後半は抽象的、哲学的な戦争の恐怖を描いている。その映画としての評価は、絶賛する者と、「狂人」「支離滅裂」と酷評する両極端の見方に分かれ、いわくつきの映画であった。

一九八一年には「ディア・ハンター」（一九七九年公開）、そして八七年には「プラトーン」が上映され、音響効果の効いた大画面で、心ゆくまで鑑賞した。映画作品として数々の賞をとっただけあってすばらしく、ベトナム戦争に対する制作者の意図がよく描けていた。

今年（一九九〇年）は「7月4日に生まれて」を観た。戦争に対する見方、考え方が時代や立場によって異なることが感動的に描かれている。と同時に米国内では、既にベトナム戦争が風化してしまった時代に変っていることに驚きを覚えた。「地獄の黙示録」を創ったコッポラ監督の脳裏には、あの絶賛と支離滅裂の評価を受けた題材しか表現の余地はなかったにちがいない。その極限状態の表現を受け入れ、鑑賞することができる時代であった。封切られた映画を観た時のあの驚きや感動は、ベトナム戦争の時代的背景を抜きにしては理解され難い。ビデオを取り出して「地獄の黙示録」を再度見ることはできるが、封切り館で観た全身をゆるがすような感動はよみがえらない。

今夏は、沖縄県医師会が主催する交通遺児育成基金造成のためのチャリティー写真展に出品しようと、久しぶりに目的意識をもって写真を撮った。ヒト様に買っていただく写真だから風景だろうと考え、海岸で岩蔭にとび散る波しぶきをアングルを構えて何枚も撮ったが、全部気に入らなかった。また、海岸に波が描いた砂の模様に面白い造形美をみつけて撮ったのだが、印画紙の上では平板な砂浜の写真に変わってしまっていた。そうこうしているうちに締切り日が迫り、気をもんだが、改めて撮影に行く時間的余裕はない。ふと思いついたのが平凡なようだが、外国旅行の写真である。日付がなく、かつ人物の入っていない写真を念頭において探しあてたのが、バンコクの暁の寺として知られる、Wat Arun（バンコク）の近景であった。全くの偶然が幾つも重なって撮影されたこの写真が、また偶然にも写真展へ出品されることになった。

それは一九八六年の夏休みのことである。北京、桂林、南京に行く予定であった旅行が、旅行社のツアー最少催行人員に達しなかったことから中止となり、急遽、別のツアーに便乗してバンコク行きが実現したからだ。前準備がなかったので、まさかベトナム上空を飛んでいくことになろうとは思いもかけないことであったので、かつてのベトナム戦争の舞台、緑濃いジャングルの広がりを機上から食い入るように見下ろしながら、夢見心地の不思議な気分に浸っていたものである。

タイでは、映画「王様と私」のモデルになった王宮で映画のエピソードを聞き、アユタヤの廃墟と化した日本人町を訪れ、十七世紀の初頭、山田長政が望郷の念にかられてたたずんでいたというメナム河のほとりに立ち寄った。小説「暁の寺」を書いた三島由紀夫の話を、訛りのある日本語で案内するタイ人のガイドから聞いていると、私も異国からはるかとおく離れたJAPONが想い起こされ、ノスタルジアにかられたものだ。

　私にとっては思い出のある写真だが、はたしてチャリティー写真展で買ってくれる人がいるのだろうか、一抹の不安はあった。しかし、買ってくれた人がいた。しかもその人は医師で、そのうえ私がかつて診た患者であり、受付嬢に「心臓の病気で一命をとりとめてくれた先生の写真」と話して買って行ったという。その時私は、思いがけない人との繋がりを感じた。そしてほかにもそれに類する話を幾つか聞いた。

　交通遺児育成基金をつくるための写真展は、チャリティーの本来の目的を達成し、さらに多くの感動を残してくれ、収穫も少なくなかったと思う。実はこの原稿は、「那覇市医師会報」制作担当のY理事から「君の文章は起承転結、落ちがあって面白い」と依頼されたものである。一瞬、断ろうと思ったが、書くことにした。断る理由は幾つかあった。しかし、漫画、コンピュータ世代が育ってきた現代の世の中で、屋良先生は話のわかる、私と同じ（団塊の世代より少し前の）世代の一人である。起承転結を意図的に壊した、ストーリーのないヤゴ漫画（不気味な漫画）や教科書マンガがはやり、「もっとなまけものになろう」と呼びかけるコマーシャルが放映されるこの頃、「月日は百代の過客にして……」、「一宿一飯」、「この世は仮りの宿である……」などが、なんとなくわかりはじめた年代にもなり、ある種の使命感のようなものを抱いたので書いた次第である。*1

今夏の県医師会報「緑陰随筆」にソビエト連邦の革命的変化と、東西両ドイツの統合など時事問題に触れたが、会報が出版される以前に、その文章はすでに古いものになっていて、文章を書く難しさを味わっていた。

イラクのクウェート侵攻はこれからどう展開するのか予断を許さないが、文章を書くほろ苦さを味わわないように願いながら、来る年には平和な解決に至ることを期待したい。

（『那覇医報』一九九〇年冬季号、四十六歳）

＊1　私が大学入学時の一九六三年は高度成長期で、週刊誌が相次いで創刊され、進歩的な大学生は左手にサルトル、右手にマンガをもち、「最新の教科書」はすぐ古くなると校内を闊歩していた。ストーリー漫画の基礎をつくった手塚治虫、「天才バカボン」赤塚不二夫、「ゴルゴ13」さいとうたかお、「日本のかあちゃん」小島功、「あしたのジョー」ちばてつや。新聞四コマ漫画に「サザエさん」「フジ三太郎」が長期に連載された。
その後、ひとコマ漫画や中、長編漫画、教材マンガを画く漫画家も多数輩出し、最近

はマンガブーム再来になっているらしい。
　イタリア関連本を買うためにJ堂に行ったところ専門コーナーは縮小され、本邦マンガの外国語訳本も含めたマンガコーナーが大きな面積を占めていた。
　漫画の描く世界も多種多様で、「環境マンガ」や天文マニアの「マンガで読む星座伝説」等もある。二〇一五年八月の夏休みには〝漫画家59名による仏の世界展〟が沖縄でも催され、賑わった。また、学習まんがの進化形、新学習指導要領対応「日本の歴史」全十五巻が同年六月に一挙発売されており、それを読んで成長する子供たちの歴史もこれから変っていくにちがいない。

酒を飲まなくても頭脳明晰なドクターが酒を飲んで。

　平行線は交わるという公理が、イマに、ニュートン以来の天才がでてきて証明してみせるよ。
　ドイツ統一の数年前からそう感じている……。

　その後の世の中の動きはマサにそう。

診察室で

　トゥシ（年）ャ　イクチ（幾つ）トゥティーン、ヌチ（命）ヤアタラサヌ。シンシー　ヌーチ（治して）ウタビミソーレ。

　－100歳になった耳の達者なおばあさん－

一九四四年に生まれて

ヘマトクリット・ゼロ

「先生、ちょっと来て見て下さい」と呼ばれて検査室で見たものは、淡いピンク色に染まったヘマトクリット管であった。遠沈後に沈殿した赤血球は全く測定できず、検査室主任は当惑した様子で何度も測り直した。しかし、どう試みても傾斜の勾配を作らない。信じられないことだが、採血した患者の血液ヘマトクリット値はゼロである。主任は私に念を押すように視線を向け、検査伝票にゼロと書き込んだ。

これは、四十代半ばの私が実際に病院の宿直当番で体験したことである。夏の暑い日の夕方、外来では救急患者も受けつける当番態勢をとっていたので、クーラーの効いた快適な宿直室で、深夜の勤務に備えて休んでいた。その時、電話があり、今晩、離島から貧血の患者がヘリコプターで移送されて来るという。貧血患者の空輸というのも珍しいが、救急患者に手馴れた看護婦もいるし検査室も待機しているので、大仰な医師の使命感というものはなかった。いつものように仕事として対応するだけのことである。輸血は必要だろうが血液型は判らない。検査室にも電話をして救急患者、輸血に備えるようにと伝えた。「いつでも準備はしています」との返事。それはそうでしょうが……。やはり、気負っているのか。こういう待ち時間は気疲れがする。現地では慌しくヘリコプター移送の準備をし、患者は救急車に乗せられ空港へ、そして本島へと向かっているのであろう。しかし、迎える病院内では、急患の来院を知らされた以外は、何ら日常と変ったことはなく、静かである。

枕元の電話で再び呼び起こされると午前一時を過ぎていた。寝入りばなを起こされることほど不愉快なものはないが、しかし、これは仕事である。救急室に行くと、毛布にくるまれた患者が家族や救急隊員に大事に手厚く囲まれ、護送されて来ていた。寝台に近づき、横たわった患者を見たとたんに眠けは吹っ飛んでしまった。

診察のために毛布を取り除くと、青白く冷たい十八歳の女子高校生が横たわっていた。目を閉じ、呼びかけに返答もなく意識は消失しているが、瞳孔の対光反射は残っている。心拍動は荒く速く、呼吸も深い。早速、採血検査、輸液を指示しながら、この患者を是非助けてやろうと思う。経過や病歴を聞こうとしたが、家族は疲労と島からいきなり物々しい病院の救急室に運び込まれたせいで、物怖じして言葉も出ない。死に瀕している娘に驚愕し、島での生活を思い出すどころではない。こういう生命のかかっている大変な時機に、どうして医者は島での生活の様子を聞こうとするのか、意味も判らず迷惑そうな目つきをする。やっと問い詰める様にして聞きだしたのが、数年前に再生不良性貧血と言われた、ということだけであった。治療も受けずに、家にひきこもりがちで、母親には自責の念がよぎったのであろうか、終始無口である。救急室ではルーチンワーク化された着衣カット、酸素吸入、心電図モニター、輸液確保、バイタルチェック等を手際よく行いながらエレベーターでＩＣＵに運び込む。そうこうしているうちに呼ばれたのが、冒頭の検査室での出来事である。

　ヘマトクリット・ゼロ。それでも患者は慢性的な貧血状態に適応し、生き長らえながら救急室に運ばれてきた。[*1] 輸血の準備をしながら、私はふと絶対にこの少女を助けて、症例報告をしてやろうと考える。貧血の治療をすれば一命は止りとめられ、それは報告に価する貴重な症例となろう。

　カルテの記録を正確につけようと、病歴、既往歴、生活歴、家族歴を問うが、家族はほとんど何も答えてくれなかった。定期的なバイタルチェック、輸液速度、酸素濃度を確かめ、そして輸血を開始する。救急カートを確認後、カルテの整理、治療方針を再度確認、伝えるためにナースステーションにもどる。暫くして、再びＩＣＵに入ると患者の呼吸状態は著しく荒くなっていた。予想に反して血圧は上昇せず、副皮ステロイド剤の追加投与を行う。輸血は負荷になるのであろうか、静脈圧測定、動脈血ガス分析。滴下速度、酸素吸入濃度調節、右心不全、時間尿測、左心不全……家族が息をこらして見守る中、症状は悪化するばかりであった。深夜勤の看護婦も全員、受け持ち作業を手早く片づけ、ICUを覗き込みながら、レスピレーター、DCショックの点検整備を始める。看護婦の職業的な流れ作業的心遣いは助かるが、内心はこういう事態に至ったことを自省し、腹立たしく思う。記録する時間もなく病態のチェック、救急カートを横に対応処置……。ところが懸命の治療にもかかわらず……瞳孔は散大し、心肺停止。

家族を廊下に出して、酸素吸入を止め、第一回目のDCカウンターショック。ECGモニター、酸素吸入再開、反応はするが、そのうち心電図RR間隔が延び……、二回目のDCショック。反応は長くは続かない。もともと血の気が失せていた青白くて冷たい女性の胸に心臓マッサージ、補助呼吸をする。看護婦はてきぱき指示に従うが回を重ねるにつれて絶望的となる。家族を呼び入れ、状況を説明。家族は黙しているばかりである。再び、DCショック。素肌の胸には丸く火傷の跡が幾つもつき、こげくさい臭いがして、煙さえ立ちこめてくる。……助けたい一心だが……死亡となる。家族を全員ICUに入れ、最後のECG波形がフラットになるのを見届けてから死を告げた。夜が白々と明けはじめ、無力感、虚脱感が漂う中で、私を驚かしたことは、それまで無口であった母親が、狂った様に娘を抱き上げ、揺さぶり、生き返れよとばかりに叱りつける振舞いをしたことである。娘の死をこれほどまでに激しく嘆き悲しむ様をこれまで見たことはなかった。愛しい娘であれば、どうしてヘマトクリット値がゼロになるまで放っておいたのか。暗澹たる生活ぶりまでも想起され、症例報告どころの話ではなくなった。懸命の治療の努力以前に、患者の世界を垣間見せられ、私はうちのめされた様に大きなショックを受けた。

話は変って、大学卒業後間もない研修医の頃のことである。診断学、病態生理をしっかり身につけようと考えていた。治療法は日進月歩に変わるし、検査に大きな興味をもっていた。復帰前後の頃で、血球計算や白血球分類も医師が顕微鏡を覗きながら行っていた。そんな折り、検査室から女性患者の検尿で、精子（+）と記入された伝票が戻ってきた。日頃付きあいのある検査室で、その繁雑な業務を見ていて、検体を間違えないかと心配していた矢先のことである。主任に抗議した。診断の決め手になる臨床検査に間違いは許されないと責めた。しかし、検査室の答えは「間違いありません」の一辺倒で、手を休めることなく忙しそうに仕事を続けている。お互いに多忙であった。

しばらく日数が経ってから、突然、あの検尿は間違っていなかったかもしれないことに思い至った。それは胃癌で、すでに肝臓への転移も明らかな女性の患者の尿であった。個室に移し、夫を呼んで妻の癌を告知した。夫は若いドクターの話に返答する術もなくじっと耐え聞いていた。そして、あの時出した検尿のオーダーを看護婦が翌朝、検査室に出したものである。

夫婦たるものが何であるのか。研修医が用心深く告げたつもりのその告知は、一人の男を狂わせ、奈落の底へ突き落としてしまうのに充分であったに違いない。おそらく幼子もいたであろうその夫婦は、天をあおぎ呪いながら病院の個室で燃えつきたのであろう。

こういう、またはそれ以上に酷な生身の人生を目の当たりにした医師は数多い。気楽な雰囲気の集まりでは、こういうエピソードはよく聞く。私が独立開業後も、患者から親しく教えられることも多かった。しかし未だ夫婦たるものが何であるのか、また医師の何たるかを心得たというつもりはない。患者には勿論関心をもつが、いつしか医者にも関心をもつようになっている。その医師集団の体験が、個人の体験よりも途方もなく大きいものに違いないと思う時がある。一度きりの人生をより深く、豊かに生きたいと願う時、私の原稿集めの仕事は真剣味を帯びてくる。（＊次頁掲載の原稿募集をした）

「随筆特集を編集するにあたって」

『那覇医報』「随筆特集・戦後医療の５０年」一部改変）

　一九九五年は第二次世界大戦が終了し五十年が経過した年で、那覇市医師会では「戦後医療の５０年」と題して、随筆特集を企画した。

　現代の高度に発達した医療機器を使っての診断、治療法をみるまでもなく、医療がその当時の社会的状況の中でしか成り立たないことは明らかで、寄せられた玉稿を見ると当時を髣髴と想いだされる。

　自由な随筆風の原稿を募集したため、内容が多岐にわたりましたが、それははからずも医師の仕事の多様さを暗示するものです。読み易い様にジャンル別に分けて目次を作ってみました。

　私が責任者となり積極的に作業を進めたが、限られたスタッフ、労力、予算の中で、時間に追われての原稿募集、編集作業であった。短期間の作業で充分満足のいくものではありませんが、幾らかでも読み親しまれ、当時をふり返っての記念の記録ともなれば幸甚の至りです。

随筆特集・戦後医療の５０年　目次（抄）

（『那覇医報』一九九六年新春号、五十一歳）

＊1　ヘマトクリット　貧血の指標の一つ。女性の正常値は三四～四五パーセント。出血などで急激に下がれば一〇パーセント台でも死亡の危険があり、救急処置が必要とされる。慢性の貧血でも脳の酸素不足、虚血を防ぐため、生存のために数パーセントは必要と考えられるが、私の経験したこの患者さんは〇パーセントだった。

診察室で

「この前、医者が拳銃で撃たれたね。本人はあちこち身体の具合が悪かったんだろうが、検査してどうもないということもある。自覚症状と病気は別なこともある。手術して傷が残って痛みがとれなくても、手術すべきものは手術した方がいい。そうでなかったら命を落とすことだってある。あぁいう具合の悪いこと、説明しても中々話が通じない、納得してもらえないことも、よくある。……」

わたしは拳銃で撃たないよ――

「……………」

診察室で。いつも通院している81歳のおじいさんが。

Ｐｔ：先生、塩酸トラブロンという薬を下さい。
Ｄｒ：え？　どこの病院で勧められたの。何の薬？
Ｐｔ：ここには無いのですか。週刊誌を見て自分の体にあっていると思ったから、薬下さい。
Ｄｒ：！　薬はそんなにして出すものではないよ。必要な薬は病気を診断してからだすよー。
Ｐｔ：それなら、いいです。

ーこちらの心臓が止まりそうであった。

我が旅―学会旅行へ

台風接近

旅行は好きであるが、ブラリと旅に出るほどの時間的余裕はない。それで、学会にかこつけて旅行をしてきた。学会旅行の魅力は友人が増えるし、知的満足感も得られるし、会の終了後の開放感もまた、いい。見知らぬ町、街を歩いて帰るのも好奇心が湧く。しかし、久しく旅行から遠ざかっていた。日本老年医学会から一枚の通知が届いたのは、今から丁度一年前である。「あなたの認定医の期限が来年切れるが、更新に必要な単位が足りない」というのである。そういえば日老医の認定医資格を満たしていたので申請し、沖縄からは五指に満たない認定医の一人になっていた。あれから五年が経とうとしている。そこで九月二十八日から三日間、東京で催される日本老年医学会（日老医）総会へ出席しようと、春頃から決めていた。休診をしてでも、是非行かねばならぬ学会となったから、途中変更のきかぬパック旅行の切符でもよかろうと、早々に手に入れていた。

雑務も片づけ、「那覇市医師会報」秋季号の編集後記にも〝今年は台風雨もなく、水不足の心配もない沖縄…〟と書き終えて、出発の日を待っていた。ところが出発の数日前に大型の台風二六号が発生し、南西諸島に接近するにつれ風雨も強くなってきた。沖縄に上陸すれば勿論、出発できない。手に入れた切符はどうなるのだろうか、休診予定の貼り紙は変えたが、やっと書き終えた編集後記も書き変えねば嘘になる。とりあえず編集後記中の〝今年〟を〝今夏〟に書き換えてもイライラは募るばかりだった。そのうちやっと、人為で変わるものでもない、なるようにしかならない、と観念しきったら、台風は九州・四国方面へと向かっていった。一応予定の便は出発することになったのだが、暴風雨になっており、その行き先は目が離せない。風雨の強い中、服装も気になり、行ったはいいが帰ってこれない心配や、こういう悪天候では航空機事故の恐れだってある。しかし予定の便は出発するというし、意を決して腹をくくるしかほかはない。

爆音とともに

かくして当日を迎え、午前八時三五分発日航９００便で出発することになった。チャリティー写真展のこともあるし、カメラは持とうかと考えたが、天気も悪いしそんな気分でもない。翌日は帰ってくるのだからと持たないことにした。那覇空港に着くと通常よりざわついていた。それでも予定通り機内への案内があり私は右側の窓側に座ることになった。

曇天の中、飛行機はエプロンから滑走路に向けて静かに動きだした。滑走路にさしかかろうとした時、珍しくも機長から、「しばらくお待ち下さい。自衛隊機四機の同時発進が右側座席の窓からごらんになれます。…」とのアナウンスがあった。一瞬、カメラを持ってこなかったことを後悔した。自衛隊機のアクロバット訓練飛行などいつでも見れるものではない。シャッターチャンスはいつ、どこにあるかわからない、と悔やんでいたら、ゴーッという凄まじい爆音とともに自衛隊機が滑走路に進出してきた。最初の偵察機は後部から炎を噴き出して加速、三〇秒と経たないうちに軽々と大空に飛び立っていった。続いて二機目が発進、そして離陸。と同時に三機目が、さらに続いて四機目が発進、離陸した。結局、これは緊急発進、スクランブル飛行訓練であった。カメラでは一機ずつしか撮れないので、スクランブル飛行をカメラで伝えることは無理であるが、曇天の中で噴き出すエンジンの炎は強烈な迫力があった。いつしか、三十歳の頃、米国、カナダを旅行した時、米国南部の交通の要所で、映画「風と共に去りぬ」の舞台ともなった、ジョージア州アトランタの国内線空港で、離陸を前にした飛行機が順序よく列をつくり、バスが発車するように次々と青空へと、爆音をたてて飛び去っていった光景を想いだしていた。

これは、また、一九八〇年十二月の古い話になるが、国際老年学会議の第三回総会に出席するために、オーストラリアのメルボルン市を訪れたことがある。那覇より質素な感じのこの街で、遠来の客は歓待された。日本の高度成長期のピークは過ぎていたが、カメラをぶらさげ、眼鏡をかけた東洋人の団体旅行客は、熱い眼差しで見られていた。日本人がエコノミック・アニマルと言われていた時期も過ぎていた。当時の旅の想い出も数多くあるが、最近では、オーストラリアは新婚旅行の希望地の第一位になっているそうである。歴代、ハワイが有名であるが、その後、グアム、ニューカレドニアに変わってきた。今では円高のおかげで、オーストラリアに二人で一週間滞在して六十二万円の旅費で行ける時代になっており、昨年に比べて十数万円も安いというニュースが流れていた。

老年学会、今昔

学会出席といっても旅客機の到着時刻によっては出席、聴講できる演題は制限されてくる。かろうじて飛んだ飛行機で東京に着き、道すがら昼食をつめ込み、電車を乗り継いで日老医学会の会場に到着したのが丁度昼どき、総会の最中であった。通常は人気がなく、委任状を集めて事務的に進めるのが普通である。沖縄から息せききって駆けつけてきた私としては、会場外に出る気もなく、深々と椅子に身を沈めて議事進行を見守ることにした。

その後、総会は来春の法人化をめざし、歴史的な法人設立総会になった。社団法人設立の趣旨説明、定款、定款細則、移行期の規則の件、自己資金が足りないからと役員に寄付金を募った等の資産に関する件、設立後三年間の事業計画及び収支予算の件、それにこれまでの評議員の扱いやら、新しい役員の選出方法等が、議長に指名された準備会委員によって順次説明されていく。その中で、新しい規則では六十九歳までしか一切の役職に就けないことになるとの説明があり、非常に驚いた。老年医学会なのだから、むしろ敬老精神を発揮し、いつまでも役職に就いて頂くものと信じていたから、私は自分の耳を疑った。しかし説明者はそこが肝要と言わんばかりに、二度も六十九歳までと言った。

総会が終わると、続いて特別講演とシンポジウムが準備されていた。スライドや講演も洗練されていて、時代に即した進歩がある。一流の先生の講演であったが、内科学が臓器別に分科し、学会活動も個別に盛んになってきている中で、この学会は古きよき時代の名残りを残すかのように、老年者の医学的問題の全てを検討課題としている。「老化とがん化」の特別講演の座長の席に循環器の専門家が着いて演者を紹介する等、この学会ならではのユニークさもある。

メルボルンでの第三回国際老年学会議に同行した当時の著名な教授は退官し、別の特別講演の座長を務められていた。当時の助教授は教授に栄転し、私と同年者にも一般講演の座長を務められた方がいる。廊下ですれ違った時、当時のことを思い出し、鮮明な会話を交している中に懐かしさがにじむ。長い時を隔てて再会しても、記憶は即座に再開する不思議さを味わうが、その瞬間は人生が豊かに思える瞬間でもある。

老年医学会ならでは

ホロホロ鳥の蒸し煮なるもの等、珍しい豪華な夕食を済ませてホテルに帰り、くつろいでいると、何となくあの「六十九」が気になりだしてきた。私には何だか意味深な響きをもっているように思えた。旅の疲れと汚れは風呂で流すが、ホテルの湯舟は短時間に満水になるように設計されている。贅沢に石鹸を泡立てながら考えていると、それは頭から容易に立ち去ろうとしない。とうとう眠れなくなってしまった。（…と書けば、ますます意味深な響きが増してくるところであるが、実はその夜は、東京に住んでいる娘と語り明かしていたのである…）。

夜が明けて、やっとその「六十九」まで、が解りかけてきた。やはり、それはお年寄りをいたわることになるものと思われる。ほどほどもまた人生なのであろう。寡聞にして誤謬を恐れるが、これまでの学会では役職、名誉職は本人が亡くなられるまで、年齢の制限はなかった。しかし超高齢化の社会を迎え、老年期を研究、究明し、その先にある自然の摂理を真剣に考える時、終生の職務は必要、妥当なものであろうか。法人設立準備委員会内でどういう議論があったか知る由はないが、その決定には納得がいく。

学会の社団法人化は時期的には遅い方であろうが、その取り決め内容は漸新で、さすが老年医学会ならではの、老年を熟知したイキな計らいなのではなかろうか。一般論だが、遅い行動は過去の全ての経験を参考にすることができるため、最新、最善の内容を盛り込むことができる。そういう風に考え至ったら、別の社会での出来事などにも気がついた。例えば、これは全く次元の異なる話であるが、政界や財界で著名な指導者が、終身現役にこだわり続ける例があったが、それは現役を退いた後の反動が恐ろしく、身を引くにも引けない事例があった。その反省から、最近の韓国の歴史の中で、朴政権後の政権の第一の仕事は、外国の独裁政権の指導者がその地位を離れることは、即座に死を意味していた。最高実力者である大統領の任期を定める作業から始まった。また、熊本県知事時代の細川護熙氏は、現役の知事で三選は間違いないと言われていた時期に自らその道を放棄した。その真意がわからない者たちからは、勿体ないことをすると言われていたが、そのうち日本新党を旗上げ、終には新しい時代を切り拓く歴史的な人物になってしまった。

話題を日老医学会に戻すが、考え方、場合によっては終生の職務は束縛、負担になることもあり得るのではなかろうか。皆で決めて、皆がそれに従うのなら、終生、競いあう時代でもないのではなかろうか。これからの超高齢化社会では、新たな困難な問題も出てきており、真剣に老年期を考えた結果の如くにも解釈、納得される。役職の勇退が、二度とない人生で、それまで気づかなかった別の素晴らしい人生を発見する機会をつくることにもなり得るのではなかろうか。日老医学会の新しい取り決めは、後年、評価を受けることになるであろうし、それがまた、当たりまえのこととなる日が来るものとも思う。

魅惑との出合い

　学会二日目も真面目に出席し、帰途につく。台風は四国方面に上陸したようだが、東京は雨模様だ。使い捨ての傘をさしていても、横なぐりの雨で靴が濡れてきた。それでも東京の交通網の発達に救われ、近くの地下鉄、永田町駅から有楽町線に乗る。ＪＲ山手線に乗り換えるため有楽町駅で降りると、飛行機の出発時間までまだ余裕がある。せっかく来た東京で無為に時間を過ごすのも勿体ないと思うが、遠くへ移動する時間はない。とりあえずソニービル方面へと駅を出ると、すぐ近くに交通会館があった。見ると、スミソニアン博物館収蔵の大宝石展が催されていることを示す垂れ幕があった。最上階に展望台があったこの建物とスミソニアンは、私の懐かしい記憶の中にもある。

　宝石にはなじみがないが近づいてみると、大宝石展の目玉はなんと、ナポレオンの王冠である。東京で生活しておれば見たいと思うほどのことでもないが、このまま見ずに帰ったら一生二度と見られぬであろうという思いと、飛行機の出発時間までという制約の中で、立ち寄ることにした。* 入場料は高いと思ったがアルバイトらしき受付嬢は愛想よく荷物を預かってくれるという。仮設の会場はそう広くはなく入るとすぐ警備中のガードマンが緊張した様子になった。もしかしたら見る人も少ないので、休んでいたのかもしれない。

　展示品の説明を見ながら、ガラス・ケースに一つずつ厳重に収められた宝石類を見てい

＊この大宝石展は後に那覇市にも巡回して展示（催）された。

ると、引き込まれるように興味が湧いてきた。たまたま入った展示室の展示物に、我が目を疑った。マリー・アントワネット・イヤリングの説明には「かつてフランス革命時にギロチンの露と消えた女王の所有のイヤリングで、彼女は常にこれを身につけて……」とあり、ナポレオン・ダイヤモンドネックレスには「一八一一年、ナポレオン一世が妻マリー・ルイーズに第一皇子の誕生を記念して贈ったもので、一七二個のダイヤモンド、合計二七五カラットの……」とある。他にもビスマルク・ドイツ帝国宰相のサファイア・ネックレスやティファニーのクンツァイト・ダイヤモンドと真珠のネックレス、ダイヤモンド付ルビーの時計、宝石付黄金の短剣等々。どれも歴史的曰く付きの逸品の展示で、その重厚さとともに宝石の魅惑的な美しさを味わわせてくれた。

　中でもマリー・ルイーズの王冠は、この宝石展の目玉として紹介されているもので、七〇〇カラット以上にもなる九五〇個以上のダイヤモンドから成り、「一八一〇年、ナポレオン皇帝は……」と説明がある。丁度頭ほどの大きさの王冠は見る人の目の高さに展示され、無数に散りばめられたダイヤモンドは多面体にカットされ、細部まで、照明効果も相まってキラキラと輝きはじめる。幽かに身動きする

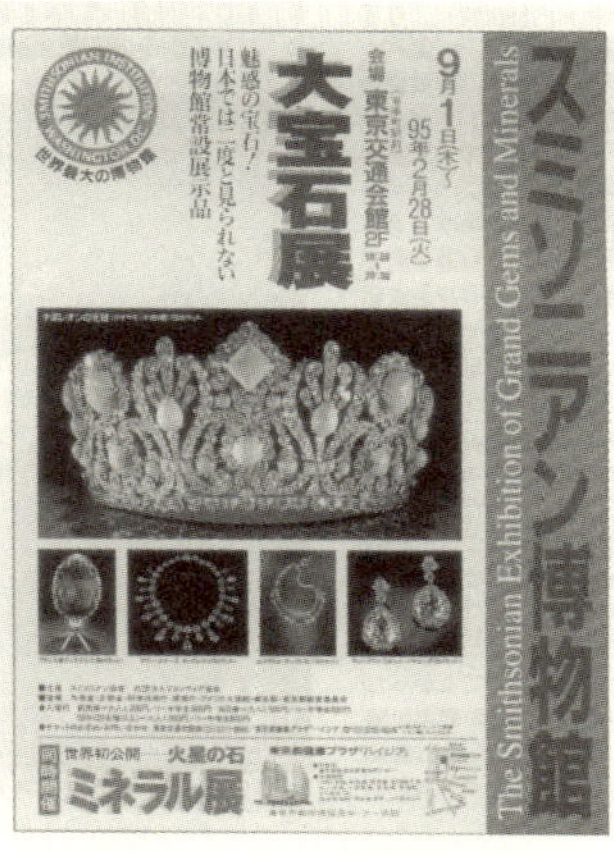

とその輝きは微妙に変化し、見るほどに不思議に深く吸い込まれる。十九世紀初頭のナポレオン皇帝が直かに手に触れた、歴史的な事実も想い浮かべながら、その魅惑的な輝きに見入っていると夢のようでもある。パンフレットも買ったが、印刷物ではその微妙な宝石の魅力を伝えることは到底できない。

この素晴らしさを味わっていると、背後に警備員の気配を感じた。これは警備員の職業意識から起こったものであろうと解釈し、高い入場料を払っているし、宝石店の様に買わされる心配もない等と考えながら、厚かましく、その場で見続け動かなかった。それにしても、西欧の美術館では一日中名画の前でじっと見入っている人も多いと聞くとたかが十分ほどで警戒されるとは、日本の文化、展示会や習慣も貧弱なものだと思ったりした。

機上の台風情報

二〇時発日航９０９便は満席に近く、外は雨であった。靴下も濡れ足は冷えていたからスチュワーデスにひざ掛けをもらった。イヤホーンを耳にし、チャンネルを回していると音楽もニュースも落語も耳に入ってくる。好きな番組を探していると、ラジオの台風情報が聞こえてきた。「台風二六号は和歌山県、奈良県に上陸しました。地元消防団は警戒態勢に入っていますが、街はひっそり……、早めに帰宅しています。ＪＲ西日本では長距離、特急運行がとりやめになり……、国道〇〇号線の県境いでは制限時速五〇キロメートル……」。飛行機は定刻に離陸し、東京の灯を眼下に見おろしながら、背もたれを倒しくつろいだ。

手帳の予定表等を見ながらさらにチャンネルを回していると、再びニュースが耳に入ってきた。「……夜になって京都にも被害がでました。大木が倒れて一部地域が停電……復旧には時間がかかり……。ＪＲ近畿、神戸線では四時からラッシュ……」、次にサラリーマンへのインタビューがあり、「三時に帰れ」と言われた云々と、各ラジオ局が暴風雨の音など現場録音も織り交ぜながらリレー中継をしていた。「大阪湾では……。徳島県では高波にさらわれて行方不明に……。フェリー、空の便は欠航です……。水不足の松山市では恵みの雨。一日五時間給水を、今後二十日間以上続けられる雨が降りました……。三重県津市では……」。機中でリアルタイムの台風情報を聞いていると、日本地図が頭に浮び、暴風雨で混乱している各地の様子が生々しく、空中を台風とすれ違って飛んでいる９０９便のことが気になりだし、無関心ではおれなくなった。メモをとり始めたとたん、「……開港間もない関西国際新空港は、たたきつける雨で……オーストラリア行きの八十名は足止めになって……」との放送があり、私は一瞬ドキリと耳を疑った。世界中に旅行先はいくらでもあるのに、なぜ、また、今、オーストラリアなのか。ラジオではその他の地名は全く出なかった。空耳でなければ空中で耳が変になったのかと思い、また悩みが増えた。

沖縄に台風が来ると学校は休校になるので子供達は大はしゃぎである。庭の木々や街路樹には気の毒だが、台風一過の青空をみるとすがすがしい気分になる。しかし、こうして台風情報を聞いていると、ヤマトンチュがなぜ台風を恐れ、嫌がるかよくわかった。過去の伊勢湾台風のような大被害が出るわけでもないが、何しろ陸続きなので上陸後海上へ抜け去るまで、長く台風の影響を受けることになる。台風が通過してやっと晴れ間が見えてきても、特急は運行しないし、ラジオのスイッチを入れると四六時中、どこかの台風情報がとびこんでくる。「…台風のニュースをお伝えします。台風二六号は今夜七時半、紀伊半島に上陸しました。近畿地方を横断して夜半頃、日本海にぬける見通しです。風速四〇キロメートルは依然として衰えず、近畿全域を含めた半径一〇〇キロメートルから一五〇キロメートルの範囲では…、…。各地の警報、注意報をお知らせ致します。大阪では……。兵庫県南部……、……北部では……。京都府南部……北部では……。滋賀県……。奈良県……。和歌山県……。福井県……。……予定を変更してお伝えしました。近畿地方では総合テレビとラジオで、その他の地方ではラジオで……」。「ドーム球場など、今日は三試合のみの………。名古屋球場は午後二時には中止と決定。同率首位の巨人軍は早々と新幹線で引き揚げました。報道陣が宿舎に着いた時はもぬけのから……。豪華なローテーションリレーで七連勝の中日はイケルぞ……。残り五ゲームになって選手の顔がよい……………」。

我にかえると、機内は薄暗く静まりかえっており、最終便のスチュワーデスは時々見回りに来ていた。チャンネルを変えると、「……深まりゆく秋に寄せて……ＪＡＬジェットストリーム。お相手はジョータツヤでした。………」と、あの独特な旅の郷愁を誘う音楽が流れていた。いつだったかこのＣＤを買おうとレコード店に行ったが、売られていなかったことを思いだして、スチュワーデスに尋ねてみた。「ちょっとお待ち下さい」と調べてきた結果が、「……著作権のこともありますので……売り出していないようです。似たような音楽は……」と丁寧に教えてくれた。*

少し休んでいると、ふと気がついた。……あの関西国際新空港で出発を待たされた八十名の人達は……、そうだ、二二時発の飛行機に搭乗する旅行者で、丁度、あの時は集合時間だったのだ。ラジオはまだ台風情報を流していたが、疲れてきたのかしだいに遠くの出来事の様に思え、少しまどろみながら気持はしだいに沖縄に向かっていた。明日からはまた診療がはじまる。……後でわかったことだが、丁度その頃、午後十時であった。オーストラリア行きの飛行機は無事離陸できただろうか。

（『那覇医報』一九九四年冬季号、五十歳）

＊　後に通販で〝城達也のＪＡＬジェットストリーム〟を手に入れたが、機上でイヤホンを耳にして聴いた音楽に勝るものはない。最近は機上で聴く音楽に感動することがない。時代が変ったのか、私が変ってしまったのか。

おとうさん、東京ではカメラを持っている人も、撮る人もいないわよ。あぁ恥ずかしいー。
撮したい時、そこで買えばいいジャン。＊

東京、赤坂の地下レストラン、エピキュリアンにて。隣席に座ったＯＬ風の女性たちの声が聞こえてくる……。

……この前、オキナワへ行ってね。ヤエヤマの色の濃い地元のヒトがね、アナタタチナイチカラキタノデショー、と言われてネー。

へェー。

驚いたが、驚くことでもない。

レコード大賞

平成７年７月７日、７時すぎの二度と来ないこの日のケーブルＴＶ番組。今は亡き、美空ひばり特集。

ＴＶアナウンサー：……昭和40年度のレコード大賞は、
美空ひばりの「柔」で……。
観ていた生徒：おとうさん、この　レコード大賞って、
ＣＤで出してもレコード大賞って言うの？
……観ていたおとうさん：……ム。

そんなことどうでもいいの！
久しぶりに感傷にふけって、鑑賞しているのっ！！

＊街のカメラ屋の店頭はインスタントカメラで賑っていたが、今や、それもみられなくなった。

サン＝テグジュペリと私

一九四四年、四十四歳没

一九九三年の師走に、サン＝テグジュペリ（Antoine de SAINT-EXUPERY）の乗っていた機体らしきものを地中海の海底に発見したというニュースを見た時から、この文章を書こうと思っていた。

「戦う操縦士」の著者であり、勇敢な現役の操縦士でもあったサン＝テグジュペリは、第二次世界大戦末期の一九四四年、四十四歳の時、コルシカ島のボルゴ基地から朝もやのなかを九回目の偵察に出たまま、それが永遠への旅立ちとなって、ついに彼は帰投することはなかった。敵機に撃墜されたのか、酸素吸入器の故障で意識を消失したのか、彼の最期については誰も知る人はいないという。フランス政府はハイテク技術を駆使して、自国の英雄と彼が乗った機体を捜索し、そして約半世紀後、海底深く沈んでいる機体の残骸を発見、ほぼまちがいなくサン＝テグジュペリの乗っていた偵察機であることが確認された。引き揚げ作業は遺族の強い反対があって、敢えて引き揚げることはせず、機体の残骸と遺体はそのまま海底深く静かに眠っているという記事であった。

「星の王子さま」の著者としても有名なサン＝テグジュペリを知ったのは、一九六五年頃の、学生時代であった。この「……むかし子供であった大人たちへ贈るおとなの童話」は、当時、邦訳の出版がブームを呼び、英語版も一般書店で手軽に手に入った。この〝おとなの童話〟は部分的に私が好きな箇所もあるが、医学知識のつめ込みやら、何かしら青春で忙しかった学生時代には、あまりにも当たり前の事の様でもあり、もの足りなさも感じていた。何故、「星の王子さま」がベストセラーになるのか、不思議に思われた。*1

一九六三年は、日本では東京オリンピックの前年にあたり、高度成長期のレールが敷かれ、いざなぎ景気へと続いていくが、米国ではケネディ大統領が暗殺された年であり、冷戦、スパイ事件、イデオロギーの対立、核戦争の脅威等があり、世界的な思想の流れには〝不安の時代〟が続いていた。キリスト教があって、マルクス・レーニン主義の共産思想もあり、不安の哲学がはびこり、第三の自由な性や、主体性を主張した第三の道で、一世を風靡したサルトルの思想が普及していたのは、この頃であった。その時代に、サン＝テグジュペリは文学作品を通じて思想的影響力を及ぼしていた。

サン＝テクジュペリの死が四十四歳であったこと（私の生れた年に亡くなったこと）を新聞で知った時、すでに彼の死亡時年齢を上まわっていた私は、目くるめく幻覚のような衝撃を覚えたのである。サン＝テグジュペリを知った私の二十代と、フランス、リヨンに生を受けたサン＝テグジュペリに思いを巡らせる時、不思議な感じがする。

書こうと思っていたものが書けないでいるうちにも、時は容赦なく過ぎ去っていく。つまり、ヒトは締切り日がないかぎり、文章を書かないものらしい。*この様な体験は誰でもお持ちだと思うが、これは学生時代にどうしても理解し難かったサルトルの言葉、「未来が行動を決定する」を地で証明しているようなものである。「過去に受験勉強をしたから入学できた」という事実の認識も正しいが、やはり「未来に○○をしたいから……」「○日までに原稿を提出せねばならぬから」、ヒトは行動したり、書いたりするのであろう。

一九四四年生まれ、四十四歳

余談はさておき、書きたいと思っていたもう一つのことは、我が同級生の自慢話である。書くつもりでいたものが、これも締切り日がなかったために、五年間も放りぱなしになっていたことになる。一九八九年三月は、私達が大学を卒業して丁度二十周年にあたり、記念祝賀会が大学の近くに新しくできたホテルの和室で催された。二十年振りに会う同級生の変貌は激しく、会話はぎこちなく、互いに友人と目礼をする以外は落ちつかない雰囲気であった。

＊「年を越してまで書く気はないので、今（1994年12月25日、日曜日）書いている。」

開会の挨拶があり乾杯になった。誰が乾杯の音頭をとるかという問題は難しい。十指に余る教授を輩出している会では、話はすんなりまとまらない。結局一番遠くから来た人ということになり、私の名前が突然呼ばれた。準備する余裕もなく、呼ばれてとまどったがモタモタしているとよけい気まずい席で注目を浴びる。早く酒宴が始まればよいと思っていたので、乾杯の音頭なんて誰でもよいこと、セレモニーと割り切って潔く立ち上がり、畳の間の前方に進み出てマイクの前に立った。何を話したかほとんど覚えていないが、同級生といえどもはるかに年上の方々が居られることは知っていたので、まず若輩者が乾杯の音頭をとる無礼を詫び、最後に「二十周年記念おめでとうございます」と乾杯した。笑い声が起こったのを覚えている。自分達の祝賀の宴に「おめでとうございます」という言い方は他人行儀で似つかわしくない。こういう役目は苦手であるが、人の集まりには笑われ役も時には必要なのである。下手な乾杯の音頭と爆笑で座はくつろぎ、一体、我々は幾つになったのだろうかという話になった。

獅子の会、乾杯

私は一九四四年生まれの四十四歳、同級生の六割は浪人生活の経験者、中には私立高校受験に失敗して中学浪人を経験した者もいる。また、何故か教養学部から医学部への進学の際、また基礎医学から臨床医学への進級の関門で、上の学年から我が学年に仲間入りした者も十指に余る。そして卒業の年には、大学生活十二年という在学期限ぎりぎりまで頑張っておられた大先輩も仲間に加わった。年上の同級生が数多くいて賑やかである。

当時の世相は、医師のインターン制度が廃止されたものの、全国各地で起こった学園紛争は鎮まる気配もなく、留年者は続出した。東大では入学試験さえ行われない年もあった。一九六九年、我々の学年は一人の落伍者を出すこともなく九十七人全員が無事卒業し、医師国家試験にも全員そろって合格した。さらに我々が大切な宝物のように自慢にし、誇りにも思っていることは、クラスメイトの中から一人も物故者を出していないことである。この話をすると、ほとんどの方がホーッと驚きの声を上げる。*2

昭和四十四年（一九六九年）に医学部を卒業した我々同期生の集まりを「獅子の会」と称している。卒業二十周年の記念の年に名づけた会の名前である。「志士の会」とする意見もあったが、皆「獅子」が好きで気に入っている。とくに私は沖縄のシーサーも想い起こすし大変誇りにしている。獅子は我が子を鍛え上げるために千尋の谷につき落とすというが、成長して百獣の王となる過程では、当の獅子自身も千尋の谷で鍛えられた経験をもっているに違いない。猛々しくたてがみをなびかせ断崖に立つ無敵の獅子には憧れさえ抱く。

そういう私が大学生の頃、後輩からいみじくも「先輩は獅子に似ていますね」と言われたことがある。これはまさしく最大級のほめ言葉と解されたし自尊心をくすぐられてしまった。私はその理由を尋ねなければよかったのであるが、九州でも有名な大病院の気楽な二男坊の御曹子の後輩は、「ネズミ一匹捕らえるのにも獅子は全神経を集中して跳びかかるというじゃありませんか」と返答した。何をするにも不器用な私は他のことが眼中に入らないほど一生懸命に注意を傾ける様で、そのことが獅子の行動と似ているとのことであった。自尊心は大いに揺らいでしまったが、しかし、とにもかくにも獅子は獅子であることにまちがいはない。最近では狩猟に失敗してやせ細っている獅子も増えていると聞くが(NHKの生き物地球紀行では残酷にも野生動物の生存競争や狩りに失敗するライオンも映し出してみせる)、それでも牛やサイとは全く違うのである。「医師(獅子)は喰わねど高楊子」である。*

4や9や13

私は、サン＝テグジュペリが死んだ一九四四年に生まれ、(彼の死亡時の年齢である)四十四歳の時、「獅子の会」が発足、卒後二十周年を祝っている。あれから五年が経ち、当然ながら私もしじゅうくさい(四十九歳)年齢になり、そしてさらに、今では五十路の仲間入りである。日本では四は死に通じ、九(苦)とともに忌み嫌われてきた。

＊　私は医師であることにプライドを高くもっている。こころざしを高くもつ者にあこがれ、尊敬の念を抱く。

西洋で忌むべき数字は13である。たまたま知ったことであるが一九七〇年に宇宙から奇跡の生還を遂げたアポロ13号は、四月十三日十三時十三分に月から地球へ戻る五分の四の地点で大爆発、その後、宇宙船は操縦不可能になったという。大気圏再突入時に必要な最小限のエネルギーを確保するため酸素や燃料、飲料水も造れないほどの危機的状況にも陥った。しかし昼夜にわたり冷静に判断したNASAの頭脳チームと宇宙船チームは奇蹟的な生命力をたよって月をはるかに周回する軌道コースを選び、数千万分の一の確率の事故から脱出することができた。エネルギーをほとんど必要としない代わりに時間を要したこの選択に、低温、酸素不足にみまわれた飛行士の身には意識混濁、幻覚症状も現れた。

神の領域に踏み込んでしまった人間は幸であろうか不幸であるのか………。人間の強さと弱さをドラマチックに見せつけたその証拠となる宇宙船の残骸は、フランス、パリの航空宇宙博物館に展示されているという。

ここでサン＝テグジュペリの最期が想い起こされ……事実は小説よりも奇なりである。……………東京の超一流のホテルの十三階には四十四号室がある。関西国際新空港の開港日は一九九四年九月四日であった。４や９や13の数字が避けられない場合もあるが、必ずしもそれが忌み嫌われているばかりでもない様に思う。我々同期生にも当然四月四日生まれの者がいて、その道では有名人になった、高校の同級生の彼女もそうで、新聞にわざわざそこまで載せるとは、自分の生年月日によほどの誇りをもっているのに違いない。

４、シ、死

シのつく語を辞典で調べてみた。死、屍、恣、刺、諡（号）、（瑕）疵などは寿言葉ではない。視、歯、指、肢、枝、飼や、嗜（好）、賜（杯）、弛（緩）、敷（く）、強（いる）、如（かず）などもある。また、呰、其、斯、食、駟、駛、駷、幟、緇、錙、肆（みせ）、巵（さかずき）もシと発音し、まだまだ難しいシの字もある。四、市、支、施、任、資、使、伺、始、止、至、試、私、氏、司、師、祠、占、嗣、示、紫、紙、梓、思、詞、詩や、史誌、志士、獅子などは良い響きをもつ語であろう。

シの語はこれほどまでに多いのに、４は容易に死の連想に結びつけられている。病人は死を意識するので当然病室の４は嫌がられるが、病室以外でも４は忌み嫌われ避けられてきた。これらから示唆されることは、やはり人間の脳裏には死が本能的に根強く在るのであろう。しかし、４のまとわりついた我ら医学部の同期生は全員生きている。ここでサルトルに登場願って、「未来に死があるから人間は生きている」と言ってもらっても、何だか実感はわか（ら）ない。けれども、癌を宣告された余命幾許もない人間が残された時間を猛烈に生き抜くエピソードを聞くにつけ、その言葉は深い真理を含んでいるものと思う。

今年初めて発行される一九九五年一月四日の仕事始めに配られた「那覇市医師会ニュース」は年頭の挨拶が載り、偶然にも四十四回目（四十四号）の発行であったが、〝寿号〟に変わっていた。暦をみると今年の初めの理事会は、たまたま13日の金曜日になっている。物事には努力して変えられるものと、どうしても変えられない、争《あらが》い難い摂理がある。しかし、シの字の発音の語は数多くあったように、数字の見方や解釈は様々に可能である。サムエル・ウルマンの詩（死ではない）「青春」で、「青春とは年齢をさすのではない。希望、情熱を失った時に青春は終わる」という言葉もまた真実であろう。様々に書いてきたが、那覇市医師会は第三十五回臨時総会（一月二十三日）をひかえて、今青春の真っ盛りであると思える。私もまた、無我夢中のよくわからない青春のまん中で、道にまよって、胸にとげさすことばかり、なのである。[*3] 後からほのぼの想うことになるのに違いない。

（『那覇医報』一九九五年新春号、五十一歳）

―

＊1　読者の私が理解できないことが問題であった。後になって、『サン＝テグジュペリ伝説の愛』アラン・ヴィルコンドレ著、鳥取絹子訳（岩波書店、二〇〇六年初版）等を読み、彼の妻、コンスエロと小説を地でいくような愛を演じたサン＝テグジュペリを

知った。それが究極の簡明化、至高の象徴化の作品を産み、ベストセラーになった。
＊2　死を他人と比較する考えは毛頭ないが、当時はクラス全員が誇りにしていた。三十代前半に重病を患い余命イクバクかといわれた男も六十代に初めて出した物故者ではなかった。その男と会食をしたことがある。私はおそるおそる「私の母は、厳しい終戦後を生き抜き生命力の強い人」と彼を励ますつもりで話した。彼は「自然体で生きている。力を込めずエネルギーをなるべく消費しないように、海を漂流しているような気持ち」と返答した。沖縄の自然のよさをほめ讃え、私に会いたい、と声をかけ那覇で会った。
彼が亡くなり、福岡のホテルで偲ぶ会が催され、私も出席した。多数の関係者が集まり、愛用の遺品や学生時代の思い出の品等もおこたりなく準備され、展示されていた。友人の弔辞も感動的であった。身の丈以上もある遺影は三メートルもある高さに掲げられ、供花を手向けて見上げたとき、目をまっ赤にはらして私を見ているような気がした。
＊3　年の瀬もおしつまり慌ただしいなか、必死に書いていた。
ここでサムエル・ウルマンの『「青春」という名の詩』（宇野収・作山宗久著、昭和六十一年十月初版、産業能率大学出版部発行）に触れ、メッセージを伝えようと努めた。無我夢中に書き進めていて頭に浮んだのは阿久悠のラブソング「青春時代」の歌詞だった。稿を終えるに際し、阿久の詞が最後まで頭を離れなかった。医師会の役員をして初

めて迎える年末に、組織とは？ 個人の立場とは？ と悩み、「胸にとげさす」という詞もぴったりの表現だったが、ラブソングとして誤解されるなら、それはそれでしかたのないことと思った。

年老いた母親が。

そんなにおばあさんとか、おばあちゃんとか呼ばないでよ。あんたみたいに、大きな孫はいないのだからね。

——母へは、いつになっても頭が上がらないのデス。

旅日記―天狗の住むといふ鞍馬の山へ

さざ波の如き風の音

これほどまでに心ゆくまではっとする程の風の音を聞いたことがあったであろうか、この六月梅雨の季節に、早朝の霊山には霞が垂れ込めていたが、空は運よく晴れてきて鞍馬の山に登ることができたときのことである。

嵐山の渡月橋から見上げる奥山は牛若丸が天狗に剣術を習った鞍馬の山と知ったのは二十歳の一人旅のことであった。いつしか地図をみるたびに、とうてい登ることになろうとは思ってもいなかった山である。

途中ゆっくりみてゆくと二時間はかかるだろうと教わった。鞍馬駅から歩いて五分、交差点にたどりつくと、斜面には仁王門がそびえ立ち、上り坂になっている。ケーブルに乗って登ることもできるのだが道端に「健康のために歩きましょう」の立て看板もある。鞍馬の火祭りが行われる由岐神社もすぐ目の前にあるし、何よりも運動不足気味の私には歩くことを楽しまなければという考えが頭を横切る。途中、源義経供養塔の案内板が立っており、立ち寄ってみると眺めのいい休憩所になっていた。

八十七曲りの九十九折《つづらおり》参道を踏みしめながら登って行くと、後から来た三人の初老の媼がおしゃべりしながら近づいてくる。たわいのない会話だが実に楽しげに話し、そして歩き馴れた道のように迫ってくる。知人の親類の人物評、うわさ話のようだが、周りのことなど気にもとめない様子で大声で話し、私を追い抜いて行ってしまった。

しばらく行くと、ところどころに拝所があることに気づく。そのぶん何となく風情がある坂道でもある。九十九折の名の通り曲がりくねっているが、そのため道の勾配もゆるやかになっていて、屈曲する部分が祈祷所のようである。

そこに立ち寄ったわけではないが先ほどの老媼らが般若心経を懸命に口にしていた。私の足音を察知したかのようで、あれほどまでに人目を気にせず快活に話していた三人の声音が急に小さくなり、山の静けさがよみがえってきた。悪いことをしてしまったようで居心地悪く、うつ向き加減に邪魔をしないようにと速歩でかけ抜けて行く。

四脚門をくぐり、貞明皇后御休憩跡を越え、転法輪堂茶店を過ぎると、一段と広い庭のある金堂に着く。朝早いこともあって訪れる人もまばらであるが、客人に遠慮するかのように静かに黄色い法衣の坊主が竹ぼうきで庭をはき清める勤行をしている。金堂を背にして庭の広がりを見極めようと歩いて行くと手すりで囲われた頂きであることがわかり、そこから針葉樹の樹々の向こう側には山々の稜線がかすかに眺望される。

裏手にまわってさらに坂道を登っていくと、思いもかけず与謝野晶子、鉄幹歌碑建立の碑に出くわす。それから一〇〇メートルも行かない距離に霊宝殿があり、入室すると鞍馬山の自然、動植物、地質、鉱物およびその歴史の解説だけでなく、与謝野夫妻がこの地に起居した由来と愛用していた小机などの生活道具、作品等も紹介されていた。予期せぬ歴史の現場を見ることができ、至福の時を得た心地で観入る。さらに建物の三階には、国宝に指定された毘沙門天像が安置されていた。

山を越え、牛若丸が修行を積んだという僧正が谷に到達した。不動堂の周り、魔王殿には人の気配もなく荒れ果てつつある壁板からは歴史を経てきた古戦場の雰囲気さえも漂うてくる。ひと一人もいない深閑とした堂の周りに立っていると、霊妙な胸騒ぎをさえ覚えそうである。あわてて杉の老神木の傍らに建てられた義経堂に眼を移し、気を落ち着けてから木の根道の方へと歩を運ぶ。斜面の岩盤は固く、杉をはじめとする老大木の根は一部山肌に露出していて大蛇のようにくねり群を成し、歩行しようにも足をとられて思うようには進めない。またいで歩こうとするが、凹凸した地形に歩幅も自由にはとれない。まさしくここは身軽に体を動かさなければ転倒してしまう、牛若丸の天然の道場なのであった。

「森林保護のため、露出した根も生きているので踏まないで下さい」と書かれた看板が立っているものの、回り道もできず、リズムよく歩くこともできず、ためらうように歩くしかない。一歩一歩ごとに疲れが湧き出て押しよせてくる感がある。

ほどなく歩いた後に下りの急峻な坂道に達しかけたところから、俄に風が吹きはじめてきた。耳をそばだてて聞いている自分がいて、深山で「さぁ、気力を出して帰ろう」と覚悟を決めた途端に、山の無数の杉の大木の上部がザワザワと揺れはじめ、それがさざ波の如く次々と揺れ広がって移動していくのを一人みながら、風の音に聴き入っていた。

チョロチョロと流れ下る水の音

川を流れる水の音を山の頂きから里に下っていくまで、ずっと止むことなく聞いていたことがあったであろうか。チョロチョロチョロと音を立てて流れる水は川面に突き出た岩にあたって砕け散る水の音ともなり、いつまでも終わりが無いかのように流れていく。しかし、いつだって同じ音を出しているわけではない。人工的な単調な一本調子のリズムではなく、時に何かのはずみで変わっていって、山を下っていく間中、一瞬たりとも飽きることはなかった。山を降りる途中から初めて谷川の水の音を耳にし始めた時、幽かに聞こえるその水音を逃すまいと、耳をそばだてて歩いていたものの、下っていくほどにその努力はいらなくなる。鬱蒼とした静寂な森林に途中入り込むと、次第に川の音は大きくなって、そのうち人里が眼前に入ってきた。

人家の裏口の木戸にさしかかり、ひと回りして表に出てきて受付嬢の人影に会い、何かしらほっとした懐かしい気もする。「やっと帰りつきました」と言いたくもなりかけながら、奥にひそみ居る女子職員に声をかけることもなく、せせらぎの音を立てる川の両端に掛かるこけむした橋を渡りきると、一条のアスファルト道路にさしかかってきた。貴船口駅までメロディバスが運行していると知っていたので、茶店の婆さんに尋ねてみると、「すぐそこでじゃかい、ゆっくりしていけや」、と露台に広げた長い腰掛け椅子に腰を下ろして声を掛けてくる。あまりにも有り体な老婆の優しさに、つい足の疲れも手伝って一息坐ってお茶を飲んでいくのが穏当かと思いつつ、考えもなくその誘いにのる。

老婆は、「そちらはどちらから来たのか。この辺は昔はきつねにばかされるこんもり繁った森の中じゃったが、道が出来たからようなった。娘の時嫁いでここに来た頃はだまされたと思って泣いて暮らしていた。うちは東京の町田で姉の旦那は有名な会計士であったが、この前癌で死んでしまった。年に何回かは東京へも行っていたが、今ではもう行こうとも思わん。この道は奥の方が神社でその先は裏日本の芹生に通じておる。金閣にもおとらず貴船も有名だから、お参りして帰りに食事でもしていき」という。こうも親しく語りかけられると無下に断わることもできず、鼻先の茶屋にぜんざいと書いた幟が揺れはためいていたので、それでも胃袋に詰めて帰ろうかと尋ねたら、「うちは食事しか扱っておらぬ」という。

そのうち、登山姿の若い男女が神社を探しながら通りかかったので、ばあさんはまた気軽に声をかけて寄ってらっしゃいといった。二人は傍らに坐りいる私に何がしかの遠慮をしがちに、さらに歩くのを楽しむかのように、街道の道端にある草花に目をやりながら目先にある貴船神社へとお参りに登って行った。

話が途ぎれたところで我れに返り心から名残り惜しいとは思いながら、これを機に婆さんには「お元気で」と声を掛け腰を上げ歩き出したところ、「いつでもまた来なさい」と胸に残るひらべったい声で返事を返して、二人の登っていった山道の方向を見続けていた。

帰って案内書をよく観ると、その神社のおみくじは、水に浸すと字が浮きでてくることで少し有名な貴船神社であると教わった。

進歩する老年医学

学会旅行に行ったのである。開業して時日がたつのは早いものであれからまた五年がたってしまっていた。そしてまた認定医の単位の更新期限の年になったので、京都で催された第四十一回日本老年医学会学術集会に出かけたのである。国立京都国際会館で行われた今年の集会は、第二十一回日本老年学会総会等も同時に開催されていた。

老年医学が研究され始めた初期の段階の研究成果は蓄積され、研究範囲はさらに広範囲に広がりをみせている。老年に関する医学学術集会に限定してみても、内科臨床各専門の分野に限らず、外科や、整形外科、リハビリテーション、健康管理、予防、疫学、看護・介護に及んでおり、さらに基礎老化学、社会的側面からの研究等、新知見の研究成果が発表されている。

日本老年医学会、老年学会では各会長講演、招待講座、特別講演、シンポジウム、公開シンポジウム、サテライトシンポジウム、教育講演や若手企画シンポジウム等があり、活性化、魅力的な運営に懸命であった。

特別シンポジウムのテーマの一つには「天寿と癌」があった。一〇〇歳前後まで生存して天寿を全うし、老衰死と考えられる例を剖検した際に、偶然にみつけられた死囚と直結しない癌があり、それを「天寿癌」と命名しているとの発表であった。その様なまとまった外国の報告はないので、国際的な病名としても、「TENJUGAN」を提唱しているとのこと。演者の発表は誇らしげで、確実にその方面の新知見も積み重ねられ、進歩していることがうかがえた。

「現在の医学は細分化され過ぎて、患者の目から見ると木当に役立っているのか、医療事故が全国的にマスコミを賑わしているのはどういうことか、社会の医師を見る目をもう一度考え直してみる必要がある」と、閉会の言葉で理事長が述べたことは異例であり、強く印象に残っている。[*1]

沖縄からの参加者も増えて、沖縄では滅多に会うこともない先生方にも会場や空港で会うことがあり、それもまた楽しみの一つである。

四条大橋のたもとから眺める夕暮れどき

出発の日の朝の仔細は省く。

那覇空港午後二時三十分発JAL809便に乗り、四時二十分関西空港に着く。JR西日本にて天王寺まで行き乗り換えて京橋へ、さらに京阪電車に乗り換え、京都四条駅北口で娘と会うことにする。学生の身分の娘は割安切符の手に入れ方、電車の前の方に乗った方が北口にすぐ出られるからと、電話でこと細かに説明する。

学校帰りに待ち合わせして四条大橋を渡り河原町に向かう鴨川辺りの風情を久しぶりに楽しみながら右に折れると先斗町である。古くから花街として栄え、その伝統文化を守り、唄にもうたわれ、舞妓姿も入った通りの写真集なども出版されている。突き抜けて歩いて左に折れると木屋町通となり「高瀬舟」で有名な高瀬川の清流が柳の並木道沿いに流れている。遊歩道を歩きながら、適当な食事の場所を探す。一巡りしてまた歩き出し、結局四条大橋のたもとの「いづもや」の裏坐敷、鴨川べりに床を張り出した露天の川床で早目の納涼気分を味わおうと決める。

生ビールを注文し、京料理に舌鼓を打っていると、娘を相手に冗舌になり顔がほてってくるのがわかる。日が暮れてきて軒並みの美しい影、鴨川に懸かる橋の欄干のシルエットが浮かび、そして、橋のむこう岸には、阿国歌舞伎の発祥の地、南座がネオンに煌々と照らし出されている。絵葉書きしか見馴れていない眼前に、すっかり情緒たっぷりに包み込まれてしまった夕暮れどきの光景は、リアルで感動的であった。

清水寺、平安神宮、八坂神社などは学生時代から時々訪れていたので、今では行ってみようとも思わない。貴船の茶屋で会った婆さんに、鞍馬の山には昔、天狗が住んでいたのかと問うたところ、全く無関心で返事もされず、話題を変えるようにきつねにばかされた話をし出した。現代に生きる生身の人間にとっては永らく住んでいる住宅や、その環境、生活が最も重大な関心事となってくるのもまた当然のことには違いない。

そうはいっても住み馴れたところでも、名所は名所、由緒ある歴史の街はそれなりの価値がある。京都の神社仏閣を訪ねると、その素晴らしさに出会い感銘を受けるのは誰しも同様であろう。ところが私にとって素晴らしいと思える仏像が、時に隅に追いやられているのに出くわすことがある。

国宝や重要文化財等の指定は、その説明文を読むと、納得できるのであるが、一瞥して判定はできぬものである。いかに古くさく陳腐なものに見えようとも、いつの世にも歴史を切り拓いてきた初めての例は、その評価を受けている。歴史書を見ると整然と時代別に特定された仏像等が並んでいるが、現実の京都の地は遷都千二百余年の歴史が堆積、混在し、素人が容易に識別鑑賞できるものではない。素晴らしいと思えることと歴史の重みは、また別の次元である。

鞍馬寺の毘沙門天像は一見、どうして国宝級か判らなかった。三十三間堂に行けば数千体とも思える彫像がみられるがその一つにしか見えなかった。しかし、右手に鉾を持ち、左手を目の上にかざして平安京を凝視する姿の毘沙門天像はいかにもその守護神にふさわしく、……と続く説明文を読めば、国宝指定の意味が解る。

鞍馬の山から京を見下ろし凝視する毘沙門天の眼下に、どの辺が嵐山で、金閣寺、清水寺、吉田山、比叡山かと見回していると、いつしか二十歳の一人旅のことを想いだした。そして四年前の五月の連休には家族でレンタカーを駆って近畿地方を駆け抜けた時の出来ごともまた想起される。地図をみながら、吉野の山まで足を延ばした時のことである。

いつでも私の旅は拙速である。帰りの関西空港で待ち時間を本屋で過ごしていると、平野啓一郎の「一月物語（いちげつものがたり）」があった。その話題性から是非、手に入れようと思っていたが、なかなか本屋で出あわなかったのである。早速手に入れた。旅の疲れを機上で癒し、明日からの診療のことを考える。仮眠をとったせいか眠れない。しばらく旅具を整えていると、「一月物語」に手が触れ、ページをめくっていた。

冒頭の文章から引きずり込まれ、頭はさえわたった。

……

「俺は一体、どこに迷い込んでしまったのだろう？」

上野の駅で、不思議な魅力の女が、詞にならぬ何かを伝えた。

京都で一夜の宿をとり、七条の停車場から奈良へとゆき、さらに吉野へとゆく。

「寂しい道やさかいなァ。」

蝶々が舞い、

〝眺めるほどにその比類ない美しさに魅せられて、〟

〝何時しか森の深奥を彷徨《さまよ》っていた。〟

深山で毒蛇に噛まれて、三日三晩床に臥せていた――

私の旅もこの夢うつつの中に重なり、まどろみながら、物語冒頭の北村透谷の一文の意味が解ってきたように覚《さと》り、深い眠りに墜ち入って行った。

（注・ゴシックは「一月物語」より）

ひらくくと舞ひ行くは、
夢とまことの中間《なかば》なり。

——透谷

（『那覇医報』一九九九年冬季号、五十五歳）

＊1　老年学会が特異なのは、産科、小児科以外のすべての医療、福祉、保健分野にかかわる問題をテーマにしていることです。その中の医療分野を老年医学会が担い、個体の成長、老化、病気の基礎的、臨床的研究の発表の場となります。多様で、複雑で難しい面があります。これまで学会として、高齢者医療、終末期医療等、理念的、総論的なあるべき医療の提言をしてきました。これから超高齢社会をむかえるため、その役割が増してくる。

世界文化遺産に登録された法隆寺の住職が

法隆寺の建築物も立派ですが、建物と建物の間の空間、それが、また、素晴らしいものです。
千年余にわたって、いろいろなイベントが催されてきました。今日行われる、宗次郎の演奏会も、また、楽しみにしております…………。

旅先でみたＴＶ番組で

城《ぐすく》めぐり　―私の好きな所

小高い丘

見晴らしのよい小高い所からの眺望を好み、楽しんでいる。沖縄一高い山は本土の山と異なり、高々五〇〇メートル程の標高にすぎない。西原町の小高い丘に建つ琉大医学部からも太平洋はよく見渡せる。大晦日の晩に宿直に当り、室から数歩出た所から直接初日の出を拝んだこともある（写真1）。沖縄の島は、小高い丘に登ればどこからでも日の出が見える地形なのである。無いものねだりや〝バカと気違い〟の類ではない[*1]（と思う）ので、しばらくの間おつきあいを願いたい。

公務員、勤務医時代には学会出張等で各地を訪れることが多かった。京都タワーから京の街を眺め、仙台、大阪、名古屋、熊本、姫路の城等に登り、城跡に立つと素人ながらも道具や材料の少なかった時代の建造物に、昔日を偲ぶことができる。

日本の近代建築では、霞が関ビルが本格的な高層ビル建築の始まりといわ

写真1
琉大附属病院病棟からの眺め

れ、西新宿の副都心部には超高層ビル群が建ちならぶ。その都庁舎の展望所は、団体旅行客を受け入れられるほど、広大である。

北米の小高いところ

ニューヨーク、マンハッタンの摩天楼[*2]に聳え立つエンパイアステートビルの展望所は、狭くて貧弱であった。カナダのナイアガラの滝は二、三メートルのところまで近づいて見られるが、タワーに登って滝や五大湖を見渡すこともできる。国土のスケールの違いをまざまざと感じさせられたのが、コロラド川を遥かに見おろすグランドキャニオンの眺望であった。

一九七四年八月に米国西部を横断旅行した頃は、米国は強大な国家であった。義兄がシカゴに留学していて、その帰国の際に同行し、立ち寄ったのが、完成間近で仕上げ作業を急いでいたシアーズ・タワー[*3]である。責任者に帰国の途にある事情を説明すると、快くエレベーターを最上階まで動かしてくれた。そしてヨットハーバーもある海のようなミシガン湖を眺め、それをカメラに収めた（写真2）。現在でも記録が破られていない世界一高い建物[*4]に客としては世界で初めて登ったことになるのであろうと、密かに（片

写真2
シカゴ、シアーズ・タワーより
ミシガン湖の眺め

思いであってもいいと）思い込んでいるのである。

城《ぐすく》めぐり

沖縄にも那覇タワー[＊5]等展望所は数多い。終戦後間もなく地元の多くの人達が訪れた行楽地は、海抜一五〇メートル程の石灰岩の台地にある中城《なかぐすく》公園であった。子供の頃、学校の遠足や家族連れで訪れ、観覧車やゴーカート、貸馬等を楽しみ、後にはミニ動物園等も附設され[＊6]、親しまれていた。布積み、乱れ積みの美しい城壁に立つと東側には太平洋、西海岸には東シナ海が一望のうちに見渡され、今では古人を偲ぶ古城となっている。

琉球が統一されて、王城が築かれた地が首里である。海抜一〇〇メートルの隆起珊瑚礁の丘に首里城が建つ。一九九二年に沖縄の日本復帰二十周年を記念して、色鮮やかに復元された首里城はご存知の方も多いと思う。守礼門から外郭の正門、歓会門をくぐると、絵のように端正な首里城の正殿がみられる。本土の城とは全く異なっており、中国から学んだ技術を工夫して造られたものといわれる。城郭の出入り口には琉球石灰岩の切石を六〜一二メートルに積み上げた石造りのアーチ門があり、その上に木造の櫓をのせているのも特異である。

本土の本丸のある城や巨石を積み上げた城壁、奈良や鎌倉の大仏の大きさを見馴れてい

＊3　現ウイリアム・タワー
＊4　443 mのワールドトレードセンターに抜かれた
＊5　82.6 メートル、2015 年解体

る観光客の中には、小さな守礼門[*7]（写真3）や、小造りの城郭に期待はずれの感を抱く方々もおられると聞く。しかし、沖縄の城《ぐすく》は、どこもこのような造りをしている。

小さいだろうがこの琉球列島には今帰仁《なきじん》城（跡）、座喜味《ざきみ》城、勝連城など二十を超える城跡があり、民族信仰に根ざすグスクは二〇〇以上も有るという。それぞれに独自の由来があり、最近、地元ではこの城《ぐすく》めぐりが盛んである。海浜での釣りやダイビングなど、マリンスポーツを楽しむのもよいが、小高い丘にある城《ぐすく》から太平洋や東シナ海を見渡すことも、また素晴らしいのである。

写真3　弟、徳章と二人
守礼門前にて

（『ＪＭＣ全医協連ニュース』№５６春潮号、一九九五年四月、五十一歳）

＊1　かつて、高度成長期、競争社会で、ひたむきに出世コースをめざす連中を意識して、やっかみ半分の庶民派には「バカと気違いは高い所に登りたがる」とユーモアをまじえたヤユ的な言葉が流行っていた。時代は移り変わり、現代人は何と思うのであろうか。

＊2　現在はスーパー超高層ビルが世界の各地に建てられているが、ニューヨークの摩天楼は、当時、世界で唯一の高層ビル地帯でアメリカの国力の強さを象徴していた。

映画「キング・コング」はエンパイアステートビルに登って敵の飛行機攻撃に立ち向かうシーンで、美女を手のひらにやさしく包み込み頬ずりするシーンがあり、意外にも若い女性に人気があってロングランを続けたという。我らの世代には「摩天楼」は固有名詞にも似た響きのある名詞である。

＊6　中城城の三の丸に公園があり、隔壁の石造物が臨時の乗馬台になっていた。大人も小人も園内の周回コースをひき馬で乗馬し、見ている家族連れものんびり楽しんでいた。

城壁の東側の崖を利用した動物園もあった。自然の地形を生かした背景の前に空き地を造成して、トラやライオン、熊等の猛獣のコーナーや、ヘビ等のハ虫類、猿類、クジャクやキリンなど数多く飼っていた。珍しかったが、日が暮れかかると崖下でもあるし、少し恐かった子供の頃の記憶がある。

＊7　日本に三大失望観光名所といわれたところがある。期待してはるばる訪ねてきた有名な場所で、それに応えてくれずに拍子抜けな、札幌の時計台、長崎のオランダ坂、首里城の守礼門とされた。しかし、それは現代では小さいながらも、歴史的な意味、重みをもっていることに違いはない。世界的にはシンガポールのマーライオンが有名である。

クリスマスは何か予定ない？　三連休なんだよナー。一日位どっか行こうよ　家族の　ジョー　もいいけど友情もそだてようョ……………

・ウァー　すっごい。キャベツ　キャベツ
・あれキャベツなの？
・うん　あれ全部キャベツ　すっごい　キャベツ　キャベツ——
・ネー　上司のこと話したっけ。今まで○○チャンって　娘のようにかわいがってた上司が転勤になって。すっごい人が来て。仕事バリバリなの。
・男の人？
・いや　女の人。おばさん。
・入社した時の上司　５人いたけど。４人　いなくなって。その上の人も変わって同僚がいるだけ。女のコだけで頑張ろうョなんて言っちゃって——。水曜日に集まるからスイスイ　ガールとか　なんとか言っちゃって。仕事終わると　スイスイガールは集まれーって放送なんかしちゃって——
・何するの
・集まって　売り上げふやすにはどうするのかって——。何をしてんだか。帰りが遅くなるだけって感じな　ことして……
・上司には　イイなってことは　全部コピーして上げている。この前なんで　こんなものをと言われてね　ハッハッハッ——
・上司もいろいろね。こんなのどうしようもないっていう感じも。
・ハーハーハー。だいたい　そういう人達　行くとこ決まっているみたい。○○に転勤って感じ……
・この前　出勤の時　ソージのおばさんに見られちゃってネー。この前　あなたの名前は小松さんだったが、今日は内山さんだわねって。結婚式で松竹梅はいいことなんだがなんて、ナニ言ってんだか。そのうち会ったらショーチクバイ　ショーチクバイ　なんか言っちゃって　何言ってんだか。アッハッハッ—
・そういえば　竹松さんっていう名前もあった
・山田さんと言っても　あなただけが山田さんじゃないのだからね。
・竹松さん。いい名前じゃない？　竹松さん、竹林さん、竹……
・この前　弟がね。お姉ちゃんなんて　はっきり言ってブスだからねって　言われちゃって。じょうだんじゃない。その時　冗談っぽく言ったので　冗談を言うのもほどほどにしなさいって言ったらね。これ冗談じゃないって言われてね。
・ハッハッハッ。はっきり言うわね。これはもう、たち直れないほどショック受けたりして——
・彼ね　今　コンビニなんかでバイトしていて、オレ　もう　店に行くともてちゃってね。オレ　もう　悪い男になっチマッてとか何とか言っちゃって。
・ハッハッハッ。彼も最近　言うセリフが違ってきたね……
・ネーネーネー　明治村ってどう行くの
・ウン、バスがあるの。20分位乗って……　それから……

——旅は道づれ、世は変る。

秋のひととき。雪を冠った富士山を右手にみながら久しぶりに東海道新幹線自由席に乗る。隣りには英会話誌を見ながら、イヤホンの若者。新横浜駅から三人娘が乗り込んできたが座れず。真横の通路で立話。顔は見えない。

・明治村はどこにあるのよ
・天気になってよかったね
・あぁ　気持ちいい。
・この前　リゾートとか　行っちゃってねー
・有名人とかに会わなかった？
・イヤ。会社の上司が新婚旅行で来ていてね。なんでお前がーと言われて。皆　考えていることは一緒だねって。席に呼ばれたけど行けなくて。………
　大変。どこ行っても日本人だらけで。外国っていう感じがしない。６日間行ったが、行きと帰りがあるから、正味４日間だけ。最後の夜だけ、近くの郊外で晩サン会があったの。その時だけ　外国に来たなーって感じなの。
・ビキニは似あった？
・すっごくシンプルなの着て行ったわよ
・ウチでも水着を買いに行ってね。会社で皆で試着したの。ウチの上司は…　岡山さん……、ああ思いだしてよかった、岡山さんが見ていてね。翌日久しぶりにきのうはよく眠れたよ、久しぶりにビキニを見たからねと言われて。
　えぇっ！て、友達、みんな　ショック。
・あっはっはっ　精神安定剤になったのね
………
・ねぇ、なにか　エピソードなかった？
・いや　とくに　いいことなかった
・でも外国っていいわよね。若い人だけでなく普通に気楽に　水着を着たりして。気軽に泳いでるって感じ。日本では水着は若い人ばかりじゃない？
・そういえば、ワイキキで、マリンスポーツ、何て言うのかしら、教えてもらってね。腰をしばって海の上を引っぱってもらって、上がったり、下がったり、楽しんでいるうちに、下がりっぱなしで（ね）。潮水のんで。苦しくて。その人に合図できないでしょう。気づいた新婚さんが知らせてくれて、助かったーもう少しで死んじゃうとこだった。
　あとからね　体重が重いから上がらなかったとか　からかわれちゃって
・新婚さんはいいわよね。親をつれてきたりして。エェ、ウウン　女のコの両親をダヨ　デ　４人で来てる　カップルも　結構多かったわよ……
・ウァー　キレイ　すっごい　みず　みず　みずうみ、湖ね。
・浜名湖……
　………
・めぐみちゃんも○月○日　誕生日ね。もう 23 歳になるのね。
・これまでイイコトなかったナー。何かイイコトないかなー。ネー

久しぶりにのんびりした、家族そろっての朝食のテーブル

A：今日も、ひょっとしたら夏休み？
生徒B：……ム。
C：もう少し返事のしやすい会話をしてよ。
A：夏休みになると曜日がわからなくなって困るんだよ。
生徒B：新聞見ればいいじゃないか。
A：ひょっとして、まちがえてきのうの新聞見たり、あしたの新聞見たりすることがあるかもしれないじゃない？
生徒B：……ム。
C：……。

生徒はいいなぁ。夏休みがあっていいなー。

五感で旅をする

『宇宙の誕生と死』
～ビッグバンからブラックホールまで～

日野原重明氏の著書「生き方上手」を書店で目にし、その時紹介文を書こうと思った。数日を経ずして友人や知人、娘からもこの本の評判を聞いた。連載されていた話題の雑誌『いきいき』が我が家でも興味深く語られ、書店をその次に訪れた時には日野原重明コーナーができていた。氏の同様な趣旨の書が山積みにされ、その後も続編や関連書籍が増えてきている。

日野原氏はまた「新老人運動」を提唱している。七十五歳以上の元気な活動的な老人を対象に全国的に輪が広がり、既に二千人余が賛同し、沖縄からも参加者がいるという。六十五歳で会社を定年退職しても「新老人の入り口（七十五歳）にさえたどりつけるかどうか……。」と心配する人達の声も聞こえてくる。

氏はＮＨＫの「クローズアップ現代」に出演し、ＮＨＫ12チャンネル（現在のＥテレ）にも四夜連続で紹介された。老人のみでなく若い人達にも話しかけたいとしている。日野原氏の九十一歳の誕生日（十月四日）を前に、お祝いのコンサートが十月二日夜、東京の渋谷公会堂で開かれた。グレーのスーツに身を包んだ日野原氏は、小澤征爾の主治医をしていたことから弦楽アンサンブルの指揮をする栄誉に浴した。九十一歳とは思えない身体のしなやかさや敏捷さは、「きんさん、ぎんさんが植物的エロスを発散していたとしたら、動きの活発な日野原さんは動物的なエロスを感じさせた」との評もある。瀬戸内寂聴さんより花束を受け取り、肩を組んだ九十歳と八十歳の男女のこの艶やかな「現役感」……。続いて舞台で詩を朗読し、自ら脚本を書いた音楽劇に出演、子供たちと一緒に合唱、二三〇〇余名の客席からは温かい拍手が送られたという。

そして、最近の朝日新聞紙上では毎週毎に紙面の上半分を費やして、「生まれたからには与えられた命を大切に、生きていこう」と語りかけている。人生の思いがけない貴重な体験に裏うちされた日野原氏の言葉には、説得力に満ちた威力があり、素直に心に染みる。既にこの書はミリオンセラーにもなっており、直かに手にした方々も多いと思うので、内容には触れないことにした。

代わりに常日頃興味を持っている「宇宙」について、解り易く解説した『ハッブル宇宙望遠鏡最新画像で見る宇宙の誕生と死～ビッグバンからブラックホールまで～』を紹介する。最近、新聞紙上で突然、宇宙の誕生、星や星雲の死や、宇宙の大きさなども実測推計することができる映像をrealに捉えたとの報道を目にすることがある。これまでの推測より宇宙は大きく膨張しているともいう。この様な無限壮大な宇宙的規模の話題について、本書は画像を数多く取り入れて、納得させるだけの根拠をもってコンパクトに解説してみせる。

観測の主役となるハッブル宇宙望遠鏡（ＨＳＴ、Hubble Space Telescope）は、一九九〇年に高度約六〇〇キロメートルの地球衛星軌道上にスペースシャトル・ディスカバリー号によって打ち上げられ、地上からの管制によって運用制御される無人の望遠鏡である。望遠鏡の口径は二・四メートル、大気の影響を受けない理想的な観測環境下において数々の天体撮影に成功している。

まず宇宙望遠鏡研究所で観測計画がたてられると、これがゴダード宇宙航空センターに送られ、同センター内の宇宙望遠鏡管制局において実際の管制がなされる。コマンドの送信はＴＤＲＳＳ（管制・情報伝達衛星システム）を通じてＨＳＴに伝えられ、画像の受信はその逆ルートで行われる。ＴＤＲＳＳは、六個の静止衛星からなるシステムで、常に通信が途絶しないように工夫されている。

観測データに関しては生画像を数分後にリアルタイムに見ることができるが、通常はＨＳＴ搭載のメモリ上に貯められ、まとめて地上に送信される。データのフォーマットは幾つかの変遷の後、現在はＦＩＴＳ（Flexible Image Transport System）形式が標準となって長所が生かされているという。

観測計画の中から月に二回程度、天文学的に興味深いものが記者発表されている。ハッブル遺産プロジェクト（Hubble Heritage Project）は、これまでも画期的な発見や美しい天体像をリリースし、それがその時々の新聞紙上を賑わせた。

一九九五年、ハッブル宇宙望遠鏡は代表的な星生成領域のクローズアップ画像をみごとにとらえた。すなわち星生成領域として地球から七〇〇〇万光年という比較的近距離にある、わし星雲（へび座にある散光星雲Ｍ１６）の内部の、柱上の濃い星間物質の存在、その内部で密度が一等濃い、ＥＧＧと呼ばれる恒星誕生の状況をみごとに撮影しているのである。さらに同望遠鏡は、オリオン座領域やおうし座領域でも数多くの星間ガスやチリ等の物質の濃い星生成領域の微細構造の観測に成功している。

星の誕生があれば、その死がある。一九九六年には、星の死にゆく様子を克明に捉えることができた。すなわち、りゅうこつ座μ星の画期的な観測に基づいた、星の死を意味する超新星爆発へ至る直前状態の鮮明な映像を手に入れたのである。りゅうこつ座μ星は質量が太陽の一〇〇倍以上と推定されていて、銀河系でも最大級の質量をもった星の一つである。これほどの重い星は安定的に光ることが出来ず、しばしば爆発的に外層部を吹き飛ばす。このりゅうこつ座μ星は、地球からシリウスまでの約八七〇倍も遠い七五〇〇光年の位置にあるにもかかわらず、一八三七年から一八五六年にかけてシリウスに匹敵するほどに明るくなったという記録がある。その時期に吹き飛ばされた物質が、現在星の周りにマユ状に広がっており、その状態をハッブル宇宙望遠鏡は鮮明に観測したのである。いずれ時を経てりゅうこつ座μ星は超新星爆発を起こすことが予測されているが、現在生存している人類の誰もそれを目にすることは出来ない。遠い未来の出来事なのである。

その他、ハッブル宇宙望遠鏡の究極の解像力は、最遠銀河の撮影にも成功した。それは宇宙の果てを捉えたことを意味する。また、一九八七年に大マゼラン銀河で出現した超新星爆発に伴う残骸（超新星1987H）の詳細な画像、シューメーカー・レビー第9彗星の木星衝突や、世界を興奮させた話題のヘール・ポップ彗星の観測にも威力をみせつけた。*

この様な宇宙の星々の新たなる発見は、人類発祥の頃から営々と営まれており、星座にまつわる神話等の神秘的な天空の時代の後、ルネッサンス時代に至って科学的なメスが入れられた。それが時を経て進歩し、（最近は）天文望遠鏡の精度をも向上させてきた結果なのである。天体への人類の飽くなき希求は、遂に大気圏外への宇宙望遠鏡の設置にまで至っている。巨大（口径二・四メートル）なレンズは、ミクロン単位の精度管理が要求され、観測にはピンポイントの精確な方向に向けて数日以上もの連続露出（光）で得た異なる電磁

＊その日、沖縄地方も晴れていて、浴びるように降ってくる流星群を肉眼で見る家族連れは多かった。

波の波長の解析が求められている。技術の進歩や幾多の困難を克服し、獲得した関係者の努力に畏敬の念を抱かざるを得ない。

本書を見ていると、いつも変わらないと思える星空においても、悠久の時を経過してダイナミックに変化している宇宙を実感させられるし、優れた芸術作品に接した時の様な感動すら覚える。それはまた、想像を絶する、無限の宇宙の時空の広がりを眼前にして、それを見ている自分や、地球でさえも、極めて小さな存在でしかないことと対比しての感動でもある。しかし、この様に極めて小さな存在である人間であっても、人類発祥の時点から未知の好奇なものへの探検心は、(獲物を獲る生活に苦労をしながらも)増大させてきた。

二十世紀初頭にはアインシュタインが登場する。相対性理論と、その後の量子論との理論的発展は、現代の宇宙論を展開させる根拠となり、宇宙の起源、誕生からその事象の進展、終には宇宙の広がり、死滅を計測出来るほどまでに進歩してきた。ハッブル宇宙望遠鏡はこの理論的な現代宇宙論の推論、結論が宇宙空間に実在することを誰でも視認することができ、理解されうることに多大な貢献をしてきた。十九世紀末、十四歳のアインシュタインは「光速の乗物から光を見ると、どのように見えるか」、考え悩んでいた。そして十年後、「光速度は絶対的で不変なもの」と結論づけられた時、すべての解決への推測は始まった。

$E=mC^2$

E: エネルギーの総量

m: 動いている時の質量

C: 光速

その理論、相対性理論は時空の不思議を解明し、ブラックホールの存在を予言、宇宙の始まりまでも科学的に推論することを可能にした。それは、宇宙を支配する法則であった。アインシュタインは宇宙を支配する法則を考え出した。彼の大脳の中で理論は組み立てられ、完成し、実証された。宇宙の誕生から宇宙の死滅まで我々は眺め、見渡せるようになり、稀有壮大な宇宙の謎は解けつつあると言ってもよい。

しかし……、と彼は言う。最大の謎は、「私の大脳がどうして、どのようにして相対性理論を生み出したのか、全く理解できない。—それこそは解明できない永遠の謎である」と。

科学者、アインシュタインにしては、哲学的な、あまりにも哲学的な言葉である。

『ハッブル宇宙望遠鏡最新画像で見る宇宙の誕生と死～ビッグバンからブラックホールまで～』山岡均著、アストロアーツ編　協力ＮＡＳＡ／国立天文台　二〇〇〇年九月、株式会社アスキー刊

（『那覇医報』二〇〇二年冬季号、五十八歳）

正月の「宇宙開発」の特別番組。

1975年。ソビエト連邦と米国とが打ち上げた宇宙ステーション、ソユーズとアポロはドッキングに成功。片言の英語とロシア語を使っての共同作業。宇宙での食卓のない食事中に―

「よい食事とは、何を食べるかではなくて、誰と食べるかです―」

恩納村にある宇宙開発事業団宇宙通信所のアンテナ
（著者撮影）

映画「黄泉がえり」

映画「黄泉がえり」が今年（二〇〇三年）一月十八日から全国東宝系で公開された。私も観に行き、すごくよかったのでOCN‐TV「医療ホットライン」[*1]の打ち合わせのとき、ディレクターのK嬢、Wアナウンサーに話をしたら、その場で冷やかされてしまった。それでもKディレクターはその後観に行き、感激して泣いてしまったという。スタッフの中には四回も観に行った人がいるともいう。三週間の限定公開の予定が好評のため三か月のロングランとなり、私も二回観に行った。作品の細部が理解でき、さらにすがすがしい満足感があった。その内容も興味をそそられ、かつ、考えさせられる点があったのでここに紹介します。

ストーリーは、熊本のある地域で死者が死んだ当時のままで多数よみ（黄泉）がえっているという情報を、厚生省の役人、草彅剛《くさなぎつよし》扮する川田平太と、町役場に勤める竹内結子扮する橘葵が調査するという設定で始まる。

秋の夜空のシンシンとした森で七歳の男児が、行方不明になった当時のままの状態で見つかる。それは五十八年の年月を経て、老婆となった母親が一人息子を強く想ったために黄泉《よみ》がえったのである。調査の結果、遺体の一部が残っているという条件下で、誰かその死者を強く想っている人がいると黄泉がえるということが解ってきた。

平太は葵が好きである。葵は平太の友人でもある俊介と結婚する約束をしていたが、俊介は海岸で水死してしまう。葵もまた、役場の車で山道を走っている途中ダンプカーと衝突して崖下に転落する。事故を知らない平太は、葵を想いながら彼女のアパートの前で帰りを待つ。ぶるぶるっと身震いし目覚めて黄泉がえった葵はアパートにもどり、平太と一緒に居酒屋に飲みに行く。

演技とは思えないほどの、息の合った居酒屋でのカット無しのロングシーンでは、観客席で観ている者にも酒場でいっしょに酒を飲んでいるような雰囲気さえただよわせる。平太は葵が好きだと本当のことが言えず、想いとはうらはらに、「ブスだ」とさえ言ってしまう。好きな人と共にいて想いが通じあわないもどかしさ。—そして互いに好きであったと認め合い、気づいた時には既に遅く、黄泉がえった葵に残された時間はもう無かった。あの世に戻らねばならぬ時がきていたのだ。平太が飛びつくように抱きしめた瞬間、葵は消え散ってしまった。

全席満員となった日曜日の午後の上映時間帯には、高校生の集団が観にきていて、この時、観客席でワーッと大きな泣き声が起こったという。「スイートなラブ・ファンタジィー」。黄泉がえって欲しいと思う人に、黄泉がえってほしくないという心理も働く。それは別れが二度訪れてしまうことになるというテーマの一つがある。

ラーメン屋でアルバイトをしている英也（三十二歳）は、店の女主人、未亡人の玲子（三十二歳）に想いを告げようとした矢先、玲子の夫、周平が黄泉がえってきた。そして十四歳で死んだ英也の兄も黄泉がえってきて英也は混乱する。

〝年の差が逆転した兄弟がキャッチボールをするシーン〟、無言で黙々とボールを投げ合っている表情が満ち足りていて、「これが生きているということ」……を実感させていい。〝十四歳の兄が三十二歳の弟に説教する〟〝死んだ玲子の夫、周平が無表情にも鋭い眼差しを英也に投げかける〟〝周平が、成長していく娘のビデオ映像を無言で観ている〟。―

イジメを苦にして自殺した中学生、山田克典（十四歳）が葬儀場で黄泉がえった。想いを寄せる同級生の直美の願いが通じたのだ。思春期の哀愁。淡い恋心。そしてイジメは悲惨であることをリアルに映像化する。イジメた同級生のワルが声にもならないうめき声で悔やむシーン。教室の壁に額を押し付け、こぶしを握りしめ、「本当になんでお前は死んでしまったのか」と、取り返しのつかない結果に対する加害者の悔恨の映像化。―

そのほか、医師の最愛の妻で、娘の出産時に死亡した聾唖者でもある周子と、成長して母親のことを知り、感謝の念を込めて聾学校の教師となった娘、幸子と、周子の夫の三人の再会。末期ガンの妻が「生まれ故郷の阿蘇の景色を見ながら死にたい」という願いを聞き入れて引っ越してきた一人住まいの男の自分の死への思い等。――

この映画は、いろんな世代の群像劇として展開し、誰もがどこかのパートに共感を覚えることができるような間口の広い作品になっている。そしてその集団劇のスタイルから、いつしか主役二人のドラマへと絞り込まれ、ストーリーを音楽が盛り立てていく。

映画の導入部と、エンディングの盛り上がりの部分に登場する架空の人気ミュージシャン、カリスマ的な女性ヴォーカリストＲＵＩの役には歌手、柴咲コウが選ばれ、吹き替え無しの唄を披露した。劇中挿入歌「月の雫《しずく》」は映画のロングランとともに人気を博し、有線放送オリコンヒットチャート連続一位の座を記録し続けたという。

原作は「熊本日々新聞」に一九九九年から一年間にわたり連載された熊本在住のＳＦ作家梶尾真治の作品で、「失われた時間と記憶への郷愁をそそる」作品として評価を受けた。

監督は塩田明彦。思春期の痛みを描き続け、日常生活の偶然の積み重なりが、少女を悪の道へと転落させていく現代社会の病痕を撮った問題作「害虫」を製作し、二〇〇一年べネツィア国際映画祭コンペティション部門、審査員特別賞を受賞した。

撮影は二〇〇一年九月から十一月上旬にかけて、熊本や東京近郊でオールロケを敢行。セットを一切組まず、民家のシーンも実際の古家を探し出して撮影された。平太、葵、俊介の三人で戯れる千葉九十九里浜でのロングシーンのロケ撮影直前には、進路を九十度変えて関東地方を襲った台風に遭遇する等、雨に泣かされつづけ、苦労して仕上げた映像の連続である。

主人公の平太、葵のはつらつとした自然な立居振舞の演技でスムーズに撮影は進んだものの、それでいて、熊本駅に降り立った平太を出迎えた熊本市の職員、梶原の車中でのセリフ「報告書を読まれましたか」のシーンでは、八回も撮り直したというエピソードも。そのつど、車を駅まで引き返させ撮影しなおしたという苦労話も、後になってはある種の懐かしさをもって披露されている[*2]。

映画のレベルが上がったと評価されてもいい点は、ＣＧの手法を取り入れ駆使したこと。熊本の星の降り注ぐ夜空、阿蘇山のライブミュージックシーン、平太に抱きつかれた葵が粉々になって消え去るクライマックスのシーン……。

ＯＣＮディレクターのＫ嬢は泣いたという。どのシーンで泣いたのかは聞いてないが、私は泣かなかった。泣く余裕などなく、目を凝らして見ていたというのが実際のところだろう。思い返してみると、どのシーンでも涙が出てきておかしくないストーリーである。

この映画の宣伝文句、キャッチフレーズは「あなたにとって、黄泉がえって欲しい人は誰ですか？」と呼びかけ、そして「人々の純粋な愛は、奇跡を呼び起こす」と伝えている。DNAが解読され、クローン人間の是非が科学的、技術的に論議されている昨今、人間の生死に対する考え方も変わってきていると思うし、これからもますます変わっていくように感じる。[*3]

フィクション、文学、映像文化の世界では、古典的幽霊、妖怪、お化けなどとは異なった次元で、既に、「時をかける少女」（筒井康隆原作、原田知世主演の映画化作品）、「異人たちとの夏」（山田太一作、山本周五郎賞受賞）、洋画「シックスセンス」など、黄泉がえり現象をテーマにした傑作が数多く世に出され、そして評価されてきた。最近ではNHK連続TVドラマ「幽霊貸します」も明るく、その部類に属するものであろう。

私は、もう一度この映画を観たいと想う。

ところで、この夏……、「あなたにとって、黄泉がえってほしい人は誰ですか？」……。

（『沖縄医報』二〇〇三年七月号、五十九歳）

＊1　参照「那覇市医師会・医療ホットライン（ＯＣＮ・ＴＶ）報告」二〇〇〇年、那覇医報冬季号／「地区医師会コーナー・那覇市医師会・医療ホットライン（ＯＣＮ３ＣＨテレビ番組）」二〇〇一年、沖縄医報三月号／「ＯＣＮ番組より、医療ホットライン総集編1、2、3」二〇〇三年、那覇医報春季号、等に、著者が報告。

＊2　撮影は私の弟、喜久村徳章。帰沖時に直接話を聞いた。日活入社後独立。映画「泥の川」ほか「害虫」「ハッピーフライト」「幸福な食卓」「柘榴坂の仇討」等の撮影実績がある。映画「ＭＡＢＵＩ」は金武町で現地ロケが行われ、その撮影現場に行き、てきぱきした撮影チームを見て感動した。

＊3　当時、若者がネットで自殺を呼びかけ、見ず知らずの者同志が安易に車中で練炭を燃やして一酸化炭素中毒死する〝練炭自殺〟が流行っていた。日本の自殺者三万人超もマスコミを賑わしていた。〝生命の大切さ〟が薄れていた時代だったのかと、今にして思う。

「スロー・イズ・ビューティフル」

「スロー・イズ・ビューティフル」。映画の題名にでもなりそうなタイトルであるが、これは単行本の書名である（辻信一著、平凡社刊、二〇〇一年九月初版発行）。最近はスローフードなどスローなものが注目されているが、本書の内容については後で紹介する。情報化社会に突入して生活が便利になり、生活のテンポが速くなった。時間を細切れに費やしているうちに、なだれ込む情報を介して見る生活空間、世界が広がり、やっている事、やるべき事、やりたい事が際限もなく広がりつつあると感じることがある。

一昔前には考えられることすらできなかった便利な生活環境の中で今、生きているのであろうが、生活の満足感、仕事の達成感などが以前に比べてよくなったという印象はない。これが年をとったという一つの証左とはなろうが、年をとったという実感はなく、今でも相変わらず若いつもりでいる。還暦を迎えた先輩方が、一昨年、昨年と毎年、若いつもりでいるという感想を本誌「新春干支随筆」に書かれていたが、最近その意味することが解ってきた。息子に「お父さんももう六十歳になるんだね」と言われたときには、さすがにショックを受けた。

世界のトランペッター、日野皓正の出演する2003 Okinawa jazz music festivalに誘われて、二〇〇三年十一月二日、宜野湾海浜公園屋外劇場に出かけた。日野のライブは、数年前に那覇の旧リウボウの建物の六階にあったクラブJavy*で、一〇〇人位の聴衆を前に行われたライブ演奏を聴いて以来、久しぶりである。当日は十四時より数組のバンド演奏が始まっており、日野らは十九時半頃より演奏を始めた。柔軟な身体に、大きな身振りでテンポをとり、両頬を大きく膨らましてオクターブ上の独特な絶叫的な音を出すトランペットに、張りつめた緊張感がみなぎる。快適な心地よい音色とは言い難いが理屈ぬきに惹かれるものがあり、世界的な一流の奏者であるのは間違いない。

チケットに雨天決行と書かれていたが、二十時過ぎ頃からパラパラと雨が降り出してきた。傘やビニールカッパを準備していた人も多かったが、土砂降りになって演奏は中断した。雨が上がったら再開するとのアナウンスがあり、楽器にカバーがかけられた。予期しないスコールに聴衆は傘の下に身を寄せあったり、主催者のテントに群がったりして雨の上がるのを待っていた。すると、トランペットのソロがもの悲しくスローに始まり、ニニ・ロッソの〝夜空のトランペット〟を思い出させる曲が雨空に響き渡った。日野の機転のきいたソロ演奏はしっくりと静かで、雨を避けようと肩を寄せ合いトランペットに耳を傾け

＊　現在はホテルロコアナハが建っている。

ているとロマンチックな気分にもなる。そのうち雨が小降りになると小気味よいリズムに変わって、雨が上がる頃には華やかに花が咲いたような明るい演奏となり、聴衆もステージの前に集まってきた。楽器を覆っていたカバーが取り外され、ドラム、ピアノ、ベースが順次、次々と演奏に加わっていく。座席は雨でぬれてしまったので、聴衆も立ったままでリズムをとるライブ演奏会となった。

もともと楽器演奏者は音、即ち時間の流れに乗れる才能をもっている。手拍子、足拍子でリズムをとっていた日野は、ヴォーカルが入り、各奏者が次々と各パートのリード演奏を始めると身の丈以上の高さのあるステージから突然観客席へ飛び降り、聴衆と共に心地よくリズムに乗って踊り始めた。それからは全身で音楽を楽しんでいた。各々のバンドの合同演奏（ドラム三台、ピアノ奏者が三名入れ替わる等）となった最後のステージでは、それこそ時を忘れて、興奮のライブ演奏が続いた。

音楽はまさに時の流れそのものである。一瞬たりとも途切れることのない心地よい時間に身を任せ、耳をそばだてる。楽しい時間、遊びの時間は速く、仕事や苦しいときの時間の経過は遅く感じ、歴史の一大転換点や、重大な出来事が起こったときは時間が永遠に止まってしまったような体験をすることがある。これは「物事にエネルギーを注ぎ込めば注ぎ込むほど時間を速めてしまう原理、原則のようなものがある」ことによるものらしい。

二十世紀の科学の世紀に、生活を便利に快適にするさまざまなものが発明された。昔は旅に大変な時間を要し、不便であったのでヒトは乗り物を発明した。自動車が出来、新幹線が走り、飛行機が飛ぶようになってより速く、より遠くへ行けるようになった。乗り物に乗る時間はどんどん短くなってきたが、しかし、便利になればなるほど人々は彼方此方に出かける様になり、外出の時間、外での時間、社会の時間に時間をとられるようになって来た。

最近のインターネット、携帯電話、デジタルテレビ等などの展開をみていると、社会、世界が便利な豊かなものになったが、時間エネルギーを四十倍も凝縮して得られたその代償として、現代人は時間に追われ、多忙にさせられ、多大なエネルギーを費やされている。ところがその一方で体内時計は依然として変わってはいないので、そこに個人の持つ体内時計と社会の時間との間に大きなギャップが生じ、社会の時間に合わなくなった個人の問題がクローズアップされていると「スロー・イズ・ビューティフル」の著者は指摘する。

その問題は社会的問題ともなり、マスコミ、新聞紙上をにぎわす事件となっている。その背景には時間の凝縮、短絡的なもの、ファースト的なものがあり、それは即ちファースト・フードであり、ファースト・テクノロジーであり、ファースト・エコノミー、サイエンス、デザイン、ライフ、ラブ、セックスそして、ビジネスと呼べるものが存在していると指摘する。換言すると、これら全てのファースト的なもの、時間エネルギーを凝縮して得られたものが社会に害毒を及ぼしている。

さらに子供の問題は深刻で、自分の存在を他人から隔離しておきたい願望から潔癖症、清潔症候群が発症し、ウンチができない症候群、「バイキン、オヤジ」排除、挨拶できない症候群等「悲鳴をあげる身体」（鷲田清一著）のパニック・ボディ論となってくる。

物事の物差しとしての時間は、宇宙の創生、ビッグバン以来より物理学的、客観的に存在する（ニュートン物理学、アインシュタイン相対性理論での時間の捉えかたは異なる）。ヒト、人間は約束事としての物差しの時間を設定し、客観的な時の流れに沿ってお互いに物事を進めてはいるが、それぞれのヒト、人間の〝時間〟の感じ方は一様ではない。

時間の流れには、動物の時間、神秘的な時間、それに体内時間が在ると本書「スロー・イズ・ビューティフル」では説明する。動物の時間、神秘的な時間、それは自分の死を前にしたときの時間の流れが途轍もなく悠長に流れるらしいということ、それは又、親しい人の死に付き添った時や、零歳の子供に話し掛けるときに経験する、あの不思議な時の流れに共通するものだという。

体内時間は血圧やホルモンの日内変動、睡眠や食欲など、体内でコントロールされている生体のリズムに表れてくる。このように一人の人間でも時間の流れは状況によって異なっていて、個人は外出、外の時間、社会に出るとき、物差しとしての客観的な時間に合わせようと努力している。その努力がファースト的なものになり、努力は限界に近づき社会問題を引き起こしていることを先述したが、これは理解を得ることができよう。

著者はまた、次のように述べる。時間凝縮に使われたエネルギーは人体に向けて悪いのみでなく、地球環境を悪化させ、生活に不可欠な水、空気を汚し、地球温暖化、生態系を破壊しているという。その主張の帰結するところは、地球を宇宙線から守っているオゾン層に穴をあけ、地球環境を悪化させ、地球の破壊に向けて拍車がかかる。それは、正気に考えるとどう考えてみても早期に解決すべき大事件である。人類は皆、早速取りかかるべきである。しかし、よく考えてみると、急いで事を運ぼうと今、一人で叫んでみてもどうにもならないのだ。急いでファースト的にはならない方がいい。昔ながらのスロー And スローでいくしかないのである。*

「昔ながらのスローな時間を生きようとする内なる身体的な自分もまた、加速する社会的時間に押しつぶされ窒息しそうなのだ。

スロー・イズ・ビューティフル。それは他人事ではない。」

（『沖縄医報』二〇〇四年一月号、五十九歳）

* なおつけ加えるなら、スロー but steady に解決の方向に向かうことを願う。

詩人、まどみちお。'94 年国際アンデルセン賞授賞式に高齢のため出席できず。メディアを通じてお礼のことば…

……これからの仕事を増やそうとは思いません。85 歳になります。激減した脳細胞を悔やむこともありません。……今まで通り生きて行きます。

11 月 3 日、文化の日にたまたまみたＴＶ番組で。

宇宙飛行士、向井千秋さんの地球帰還直後のインタビュー。

「ハンドバッグが地面に落ちるのが、不思議に思えた。」

ヒトは環境によって、変わった。

〝琉球〟は何処《いずこ》に在るか

地図を注意深く見ていなければ見落としてしまいそうなほど小さな島、琉球嶼は台湾の西南の海にある。台中市医師公会との姉妹医師会の調印式が那覇市で行われた後、二〇〇四年十一月、稲富県医師会長はじめ沖縄の医師会関係者有志が台中市医師公会を訪れた。その際、案内のリムジンバスの車中で地図を見ていた時に気づいたものである。私にとっては台湾は出生の地であることから特別の思いがあるので、バスの前方に席をとり、ガイドに質問をしながらの旅となった。日本で数年暮らしたこともあるというガイドの劉さんは、台湾の気候風土、生活、ビンロウ等についておしゃべりなほど気軽に質問に答えていた。ところが琉球嶼に質問が及ぶと明らかに調子が変わって、「台湾にも琉球は在る、沖縄の琉球列島とは別です」とつっけんどんに返答してきた。あまりにも冷たいそのものの言いぐさに後の言葉が続かず、態度の異様さが記憶に残ったままであった。

台中市医師公会の歓迎ぶりは尋常ではなかった。王金明医師公会理事長ら数名の理事が桃園中正国際空港まで出迎えに来られ、道中別の車で同行し、食事の度ごとに同席され、移動中の車内には果物等の差し入れを欠かさなかった。夕食の会も例の乾杯をくり返す台湾式の盛り上がりをみせた。アルコールは飲めないはずのT常任理事も幾度か杯を飲み干すほどの雰囲気で、二次会の広大なカラオケハウスでは、直立姿勢で「あこがれのハワイ航路」か何かを唄っていたようである。会は終わることなくいつまでも続く気配で、この様な光景は沖縄、日本でもかつては経験したことがあったと思い出させた。濃密で熱くて厚い心情を寄せ合うよき時代、よき時間があった。

たまたま机上に雑然と積まれた資料を整理していると、医療関係以外の書籍をまとめておいた中から、『沖縄学・沖縄学研究所紀要』第七号がみつかった。目次には「小琉球嶼論」とあった。頁をめくっているとはじめは気にも留めなかったが、台湾でのガイドの一件もあって、驚きの連続だった。以前にも一応目次は見ていたはずだが、「心(関心)ここにあらざれば見れども見えず」である。

それは沖縄学の研究者、外間守善が、二〇〇〇年(平成十二年)の夏、三度目の台湾訪問で小琉球島の臨地調査を行い、その折のフィールドノートから現地を紹介していた。そしてその時得た貴重な記録資料、屏東県琉球郷公所の「琉球郷誌定稿」を翻訳、解読した結果から『随書』に書かれている流求国は何処か「琉球（沖縄）か台湾か」を論証した好著であった。この論争は古くから台湾説を唱える東恩納寛惇、新屋敷幸繁ら、琉球（沖縄）説を唱える伊波普猷らがおり、いまだに決着がついていないという。

十冊余ある「琉球郷誌定稿」の未公開資料の中から「大事紀」「開拓篇」「文化篇」を選んでコピーし、研究論文用資料として使用する承諾を得ている。琉球郷誌「開拓篇」第二節よりの訳文を簡略に記すと次の如くである。

一六二二年（天啓二年）十月、オランダ人の帆船「金獅子丸」が風をさけるために本島に碇泊した。オランダ人は本島を「金獅子島」と呼んだ。十七世紀、島の住民である西拉雅族は自ら「拉馬伊」と呼んでいた。

「琉球」は本来「流求」の二文字で、最初に『随書』の東夷伝に見られる。流求国は海中にあって、建安の東に位置し、海路で五日かかる。元代に流求を「琉求」に改めた。

明の太祖、朱元璋が南方を統一した後、積極的に海外まで経営し、琉球群島に冊封し姓を下賜したことがある。その政治、経済の往来関係は台湾よりも密接であった。琉球を藩（国）にした後、明代にその地（琉球）を「大琉球」と称し、台湾を「小琉球」と称した。

明の万暦以後になると、地理の知識がしだいにまし、国人は台湾の面積が「大琉球」より大きいことがわかった。それで「小琉球」という呼び方が不適当であると気づいた。そして明朝が清朝に変わった後、「小琉球」と呼ばれていた台湾は、しだいに自己の正式な名称をもった。この時、孤立的に台湾西南の海にあった漢字の名称がない本郷(小琉球のこと)に、「小琉球」という名が受け継がれた。

この貴重な文言を突きとめた外間の研究成果は絶賛してよい。現地に足を運び、フィールドから証拠を得てくる地道な作業は今始まったばかりで、「琉球郷誌」の資料は今後の解明を待っている。『沖縄学研究所紀要』に収録された「沖縄学」には「命どぅ宝」の典拠を示した論文*、明治維新後間もない東京での琉球慶賀使節団三十七名の歓待等、歴史を身近に感じさせる論文等が掲載されており、医療とは異分野ながら感動させられる。

沖縄島には琉球王国ができる以前から北の九州、大和との往来があった。流求国が高麗、百済、新羅、倭国等と並んで地名と漢字が最初にでてくるのは中国の正史『随書』の「東夷」(六五六年)であると外間は紹介した後、その『随書』の記述と琉球郷公所の記録とを比較検討しながら、問題の核心に論を進めていく。

一三七二年、明の太祖が沖縄島の中山王察度に招諭を送って朝貢関係が結ばれて以来、「琉球」の文字が公文書に使われるようになり日本や朝鮮等もそれにならっていた。約半

＊　本書18ページ「命どぅ宝」＊3参照

世紀後、琉球王国が成立する（一四二九年）と、王国を支えた士族と呼ばれる知識階層は、アジア各国との交易の際に積極的に「琉球」を使った。ただし、一般庶民は「おきなわ」「ウチナー」といい、「琉球」を使ってはいない。

王国成立後の琉球の政治、経済、文化の活勢（原文ママ）を知った明国では、琉球を「大琉球」と称し、台湾を「小琉球」と呼ぶようになった。

清時代になると「小琉球」と呼ばれていた地に台湾府が置かれて台湾と呼ばれるようになった。その結果、「小琉球」という呼称は今の琉球嶼が引きついで、通称小琉球と呼ぶようになった。その経緯を『台湾府史』が記録して、「琉球郷誌」にも掲載されたという。

上記の「琉球郷誌」の記述内容から、また『随書』の記録に台湾と沖縄はよく似ている部分があること、七世紀当時の地理認識のあいまいさ等、三つの理由から、外間は『随書』の「東夷」にでてくる流求国は、九州南部を含む東シナ海域、沖縄、台湾にかけての広大な地域をさしていたのではないかと推測している。

沖縄県医師会関係者が台中市を訪ねた今回の視察を契機に、私もこの問題を身近に考えるようになった。元来、地球や土地は生物以前より自然に在るものであって、領有権は人類が歴史的に宣言主張し、変遷してきたものである。七世紀頃の昔人は、広大な遠隔の地を漠然と認識するしかなかったのではなかろうか。ひるがえって現代は、沖縄から台湾へ小一時間でいける交通の便のよさもあり、境界線はあるものの地球は狭くなって隣国と肩を寄せあって生きていく時代である。『随書』に書かれた流求国の所在をめぐっての論争は、東アジアの海域に壮大なロマンの展開を想わせる。

台中市医師公会と沖縄の医師会は互いに教わることも多かった。今、民間団体が相互に交流を深めることは意義ある時代になっている。医師会同志の一時的な交流のみにとどまらず、もっと広範な分野の団体が永続的に盛んに文化交流ができることを願っている。[*1]

（『沖縄医報』二〇〇五年八月号、六十一歳）

＊1　後に又吉盛清著『日本植民地下の台湾と沖縄』（沖縄あき書房、一九九〇年十月初版）を手に入れ、読む幸運に恵まれた。日清戦争後における台湾の日本や沖縄との交流や、小琉球も詳細に記述されている好著で、これからの交流の参考となる。

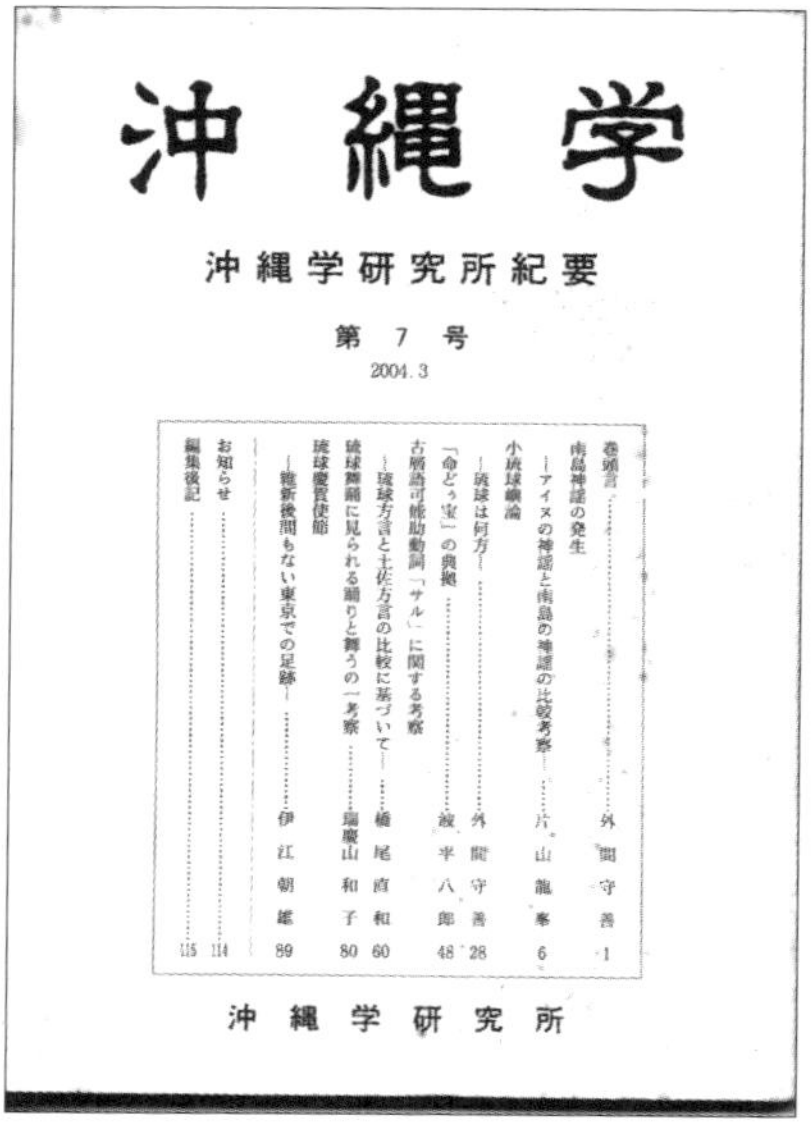

沖縄学

沖縄学研究所紀要

第 7 号

2004.3

沖縄学研究所

成功すればよいが…

ベトナムへ経済進出する話があって、昨日は2時までビールを飲みましたよ。血圧が高いのはそのせいでしょう。ホーチミン市は華僑が支配しているので、競合しないように。

沖縄は現地の高官とのパイプももっていますよ。話はよく通じる。琉球ガラスも海外で150人程の生産拠点ができる。ベトナムの人たちはオキナワはジャパンと違って、親しみをもってみていますよ。考え方が同じだって……。電力会社も電力供給をねらっていますヨ……。

円高による生産拠点の海外移住は新聞紙上に見るでき事と思っていたが…。

問いかけてくるもの

「気の思想」――を

見えない世界への旅のススメ

『明治開国以来、日本が世界の先進国に追いつこうと国を挙げて富国に励んでいた頃、あの司馬遼太郎が「坂の上の雲」に描いたような時代背景で、人々が坂の上のはるかかなたに希望と期待を持ち続けていた時代に「暗愁」という言葉があった。地道に額に汗して働く時代に心の満足感があり「暗愁」という言葉は決して暗いイメージではなかった。文学作品にもたびたび表われ、大正、昭和に受け継がれた。第二次世界大戦後、一度「暗愁」という言葉を使った作品を見かけたが今では死語となっている』

これは、作家の五木寛之が二〇〇三年四月、第二十六回日本医学会総会（福岡市）で多くの聴衆を前に講演した時の冒頭の部分で、参会され、ご記憶の方も多いと思う。さらに『戦後の高度成長期があり、バブルの時代を迎えそしてバブルが崩壊した。その頃から日本で自殺者が増えてきた。自殺予防は大きな問題だと感じた。一九九〇年頃のことで、マスコミ関係者に報道するよう話してみたが〝暗いニュース〟としてとりあわなかった。今（二〇〇三年）自殺者が年間三万人を超えている』と続く。

二〇〇〇年から始まった「健康日本21」は九項目の課題に分け、その一つに「こころ」の問題をとり上げている。そして二〇〇八年五月二十八日、本稿を執筆している今、マスコミは「自殺10年連続3万人超」を淡々と報じている。

気は万物を形成する元素の意味があり、天地間を満たす大気、空気、気象等に使用される。また、生命の原動力としての気、精気があり、根気、気勢、大いに気を吐く、気力の充実等に使われる。気の実体を体感できる身体技法に気功、ヨーガ、太極拳、健康呼吸法などがあり、入門書が書店に並び、体験講座などにとり入れられ、かなり普及している。『声に出して読みたい日本語』の著者で二十一世紀初頭、一世を風靡した齋藤孝*は、「気は自然に感じられるもの。技法を使えば上手、下手はあるものの自転車に乗(れ)るように誰でも気は身につく。問題は身についた気で全てを変えようとしたり、特別なことをしようとすること」と述べて、気にのめり込む危険を回避する必要を強調している。健康法として、呼吸法の普及にも努めている。*1

気とははっきり見えなくとも、その場に漂い、感ぜられるもの（雰囲気、気配、気が詰まるような室、殺伐とした空気等）という一面をもつことは誰でも経験していることであり、多数の方に認めていただけることと思う。さらに、「死んだ気になって頑張る」「天下をとった

＊　日本語ブームが沸き起こった。「声に出して読みたい日本語」は2001年9月、草思社から初出版された。

気でいる」という用語は、強い決意、高揚した精神状態を表現する言い方で、その気を感じた人生の成熟者は決して少なくはないであろう。

気が乗る（する気になる）、気を入れる（熱心にする）、気を配る、気を付ける（注意する）、気を遣う（心配する）、気を回す（あれこれと必要以上に気を配る）、気が急く（心がはやる、気があせる）、気が勝つ（勝ち気である）、気が置けない（気遣いする必要がない）奴、気を呑む（相手を圧倒する）というような、「気」のつく言語は岩波書店の『広辞苑』、三省堂の『大辞林』等から容易に引用され、現代に通用する言葉である。

『「気が利く、気を引く、気を悪くする」という心の動き、状態、働きを表わす語がある。これは「こころ」という語が精神活動を行う本格的なものを指すのに対して、「気」はその「こころ」の状態、反応など現象的な面をいう傾向が強い。「気は心」という言葉も、表面的な「気」のはたらきは本体としての「心」の表れであるという考え方に基づいている』（『大辞林』）という。

その時々の心の動き、例えば、気が腐る（不遇を恨み沈み込む。くさる）、気が滅入る（気遅れする）、気が尽きる（嫌気がさす）ような状態が長引くと、現実喪失感、身体喪失感、虚脱感がおこることがある。症状が重く、長引いてくると心療内科、精神科関連の医療分野において治療の対象となる。この身体喪失感のような状態、高度技術化・都市化した社会の中で、親密度の欠如によって起こる疎外感を社会学者デュルケームは「アノミー（anomie）」と名付けた。日常生活でマスコミ報道される事件、事故、不祥事をみていて、これはアノミーが原因になっているのではないかと感じ取る方は少なくないであろう。「何かがおかしい」「世の中が変になっている」と感ずる時、その前兆、危険性に気づくことが回避や解決への第一歩となる。

気が散る（散漫になる）、気を取られる（注意をうばわれる）、気を尽くす（精根をつかいはたす。うんざり）、気が咎める（心の中でやましく思う）、気を落とす（がっかりする）、気に障る（不愉快に思う）、気が抜ける（拍子抜けする）、気が遠くなる（意識がなくなっていく）、気を失う等のネガティブな意味を表わす気のつく語もある。

女気（おんなけ）、男気（おとこけ）、人気（ひとけ）、陰気臭い、妖気、瑞気は現在使われる頻度が少なく、死語になりつつある。そして死語となった「暗愁」という語を想い出しながら、気の衰退が日本国や社会の衰退を予感させる序章となるのか、憂慮している。齋藤孝が指摘する「気にのめり込む危険」は当然避けなければならないが[*2]、それでも気や広範な意味をもつ気のつく熟語を本気で気に留めてみる（意識にのぼらせる、注意する）意義は大きい。

気が若い。気に入る（好みにかなう）、気がいい（気立てがいい、人がいい）、気が回る（注意がゆき届く）、気が向く（乗り気になる）、気を通す（気をきかす）、気が大きい、気が小さい、気が短い（短気、せっかち）、気が早い（せっかち、性急）、気が長い、気がある（関心をもっている）、気がない（関心がない）、気になる（心にひっかかる）、気がする（感じられる。例、敗ける気がしない）、気が気でない（心配でおちつかない）、気にする（心配する、気がかりに思う）、気に病む（心にかけて気をもむ）、気が済む、気を取り直す、気の抜けたビール等、日常生活の中でよく使用されている気のつく語はまだ多い。

特定健診・特定保健指導が今年（二〇〇八年）始まったが、保健指導の第一歩は動機付け、「気づき」を促すことであった[*3]。「気づき」は事の始まりである。肥満、禁煙、心身の不調、健康感の喪失等に、さらには社会的不祥事、事件にさえも、気づきがあれば防げえたこともあったのではないか、また、あるのではないかと真摯に考える。

自殺者が年間三万人を超え続けて十年にもなり、日本の国がグローバル化されるという世の動きの中で、セーフティネットは本当に機能しているのか疑問に思うこの頃、国民は自己の健康を、自己の生活、無二の人生を不幸な出来事から守るために、そして子や孫にも負の遺産ではなく、持続的な豊かさを遺していくために、今こそ（気づきを含めた）気、「気の思想」を（意識的に全力で強力に）文化にまで高め、広めることが必要ではなかろうか。喫緊の重要な課題と思えてならない。

（『沖縄医報』二〇〇八年八月号、六十四歳）

＊1　齋藤孝『身体感覚を取り戻す　腰・ハラ文化の再生』二〇〇〇年八月初版　日本放送出版協会　NHKブックス（第十四回新潮学芸賞受賞）

＊2　初心者が入門書をたよりにして気軽に瞑想など体験することはできる。気持よく眠って目ざめた時気分が悪かったという話を聞くことはある。が、それは効いた証拠であり、気にのめりこむ危険はある。

気を感じる技法の普及をススメルあまり、その離脱の方法を書いていない書物も多いが、現実世界への切り換え、メリハリをつけることも大切なことである。

＊3　健康日本21で健康をとりもどす第一歩が〝気づき〟であることは現在、常識で当りまえのこととなったが、原稿執筆時はまだ広める（広報の）必要があった。これからは気づいたことをどう修正し行動するか、実行力が問われる時代である。

「気の思想」――こそ

気は感じる世界

昨年（二〇〇八年）の『沖縄県医師会報』八月号の「緑陰随筆」に、〝「気の思想」―を〟を寄稿後、気にやたらと敏感になっていた。脱稿直後の六月、我が家から通いなれている真和志中学校区域に突然「気をつけて、声かけ、目をかけ、見守って」（健全育成会）の立て看板が立ち、沖縄県広報紙『美ら島沖縄』七月号に「気をつけよう、海のキケン生物」の特集記事が載った。『月刊元気読本』を目にし、げんき予報便（九大ひさやま研究室）は本人の将来の健康状態を予報するひさやま元気予報コンピューターソフトを紹介していた。[*1]

今年三月二十四日、ＷＢＣの優勝決定戦では、イチロー選手の決勝打により世界一となった日本チーム、サムライジャパンは「気力とチームワーク」が勝利の源（監督の記者会見）―と。沖縄県医師会館前から眺められるところに元気荘なるアパートが建ち、元気不動産も出現した。与儀げんき公園、元気薬局。女性全国誌特集記事には「気はあなたをしあわせにする」「いただ気ます」と。

気の情報、文献は文明発祥の時より古今東西、いたる所にあり、日々連なり増えていき、集めだしたらそれだけで人生が終わってしまうと作家、五木寛之は悟り、自然の一部分である自分の考えを述べた『元気』を出版した。人間は気力、知力、体力の三つのはたらきをもつ生きもので、単にスポーツの世界で「気力をふりしぼって」と言うにとどまらず、気は宇宙にみなぎるエネルギー、大自然の力であると実感する。気は四千年の歴史をもつ深遠な東洋思想の中枢を成すもので、東洋医学の気血水論、気功、陰陽五行論、気の心理臨床等、書籍にこと欠かない。気は生命、生存、生活に密接に関わり、五木は見えない「気」の流れの存在を感じとってほしいと『気の発見（対話）』も出版した。

西洋では気はスピリット（Spirit）に通じる。スピリチュアル、スピリチュアリティという語が派生して多義的である。グレイス（grace）、およびその関連語、グレイスフル、グレイスフルネス、グレイシャスという意味あいも含んでいるという。

スピリチュアル・カウンセリング、スピリチュアルヒーリング、スローライフ、スローフード、平原綾香の「Jupiter」、「千の風になって」、「大きな物語」なき時代、「スロー・イズ・ビューティフル」、ブログにみるスピリチュアリティ、今週のスピリッツ、スピリッツ全集、スピリッツ編集部、スピリッツ Diary、スピリチュアル旅行情報、スピリッツエアロ、恋愛スピリッツ、侍スピリッツ。

ナラティブ・セラピー、アルコホリクス・アノニマス（AA）、ガイアシンフォニー。米国のカウンターカルチャー、欧米の新しい ニューエイジ、ビートルズと東洋思想、グローバルなスピリチュアル文化、サブカル、グローカリゼーション、ビーグッドカフェのネットワーク、村上龍はスピリチュアルな世界を「ふるさと」と表現、ロハスブーム、スピリチュアル・データブック、江原現象、スピリチュアル・コンベンション、すぴこん。*2

"I'm not religious, but spiritual."

「心のケアとは異なるスピリチュアルケア」―というものがある。

スピリチュアルは流行し、そして去っていく（のか）。医療の分野で特に遅れているという。ブームのあとに残された次の展開。課題は〝医療・看護・介護の現場にも重なって表れるスピリチュアルペインへの対応〟〝スピリチュアル・リテラシー〟の問題。

昨年十一月三日、沖縄県医師会主催の囲碁大会に初心者ながら出場した。学生時代から囲碁に打ちこんだS六段は懇親の場で「囲碁は気づきのゲーム」と自説を展開し、思いがけずに意気投合。さらに武道にも相通ずる火花（ひらめき）を散らす真剣勝負の世界があり、囲碁の団体戦では先峰、次峰、中堅、副将、大将がおり、まさしく武道であるとのことで、武勇伝もお持ちであった。沖縄の囲碁界は全国的にもレベルが高い―と。私は『「いき」の構造』を著した哲学者、久鬼周三の「江戸っ子に見た垢抜けした張りのある艶っぽさ」を知った大学時代を想い出しながら聞いていた。*3

今はバレーボールチームの那覇マスターズに入って一年が過ぎ、昨今の懇切丁寧なスポーツ解説書も読み、全身の筋肉、神経、関節に気を配りながら、新鮮でさわやかな気づきに出会っている。この他人から見て変りばえのしないスポーツを飽きずに続けられるということは、大切なことにちがいない。スピリットとは物をエネルギーに変える炎のようなものである―と。

昔は〝以心伝心〟という言葉があり、言わずとも分かっているという雰囲気があったが、現在の細分化された複雑な世の時代には、コミュニケーションの大切さを各方面で聞く。かつて「(K) 空気が (Y) 読めない」を意味する略語「KY」が新語・流行語大賞にノミネートされた(二〇〇七年度)。報道によると当時の安倍首相ご本人がそう言ったなどと言われ流行語になった。そしてKYは是か非かの全国紙(朝日新聞)によるアンケート調査も行われ、その結果はほぼ相半ばした。その中で「あえて空気を読まない術もあり、ストレスを感じない、我が道を行くにはその方がいい」等の声も紹介された。

明治開国一四〇年になる今、一〇〇年に一度の世界大不況に陥り、政府は景気のてこ入れに躍起になっている。沖縄では自殺者が毎月四十名超という現象が四カ月も続き、全国的にも自殺者は十一年連続で三万人超と、ニュースが流れる（二〇〇八年の自死者は三万二二四九人）。かのベトナム戦争で、米軍々属関係の死亡者が三万人にはるかに及ばぬ、という数字を知る時、知らないところで三万人超の自死の記録が続いていることに「何ということであろうか」と思わずにはいられない。

夢をみた。

「ブームになり、今は静かになった、気、spiritual が失われることはない」――と。

正夢であってほしい。

参考文献

1　五木寛之『元気』幻冬舎文庫
2　五木寛之『気の発見（対話）』幻冬舎文庫
3　アレキサンダー・ローエン（村本、国永訳）『からだのスピリチュアリティ』春秋社
4　黒木賢一『〈気〉の心理臨床入門』星和書店

（『沖縄医報』二〇〇九年八月号、六十五歳）

＊1　一九六一年より始まる予防医学の先進的な研究が現在まで続いている（久山町研究）。最初は脳卒中の研究であったが今では、医療のあらゆる分野に広がり、遺伝子研究（ゲノム研究）も共同で行い、成果もあがっている。げんき予報便は二〇〇五年春、第一号創刊、病気の予防や健康増進に役立つことをいろいろ試みている。

＊2　江原啓之『本当の幸せに出会うスピリチュアル処方箋』二〇〇五年二月初版、三笠書房

＊3　二〇一五年春の段階で囲碁を正式の授業と認めている大学は全国で二〇大学にも及ぶという。九大では全学生を対象に今年十月より始まる後期授業の新選択科目に囲碁を新設。十五回の講義で、単位も設定する。「論理的思考や全体を見通す力を身につけるのが狙い」。日本棋院九州本部から講師を招き、プロ棋士の吉原由里香六段も指導する。何というぜいたくさ。責任者は医学研究員教授で九大囲碁部顧問。新設の伊都キャンパス交流施設で行なわれるという。

ドーン、ドーンと花火の音

A：見に行く？　屋上から見えるよ。子供たちも見に行ったよ。
B：いや。花火なんかー。そういえば、花火を打ち上げている下から見上げたことがあるよ。奥武山の土手で寝ころんで。すごい迫力だよ。火の粉がとんできたりして。
C：そういえば、花火は立体的だってね。この前、そう聞いた。今まで、どこから見ても花火は平べったくしか見えなかったのだから。

………？？……！

「気の思想」——も

未曾有の大震災を経験して

気、スピリッツは大切なことと考えている。医療の分野で普及し、看護のテキスト（参考1）も出版された。これまで、本誌に「気の思想——を」、「気の思想——こそ」を寄稿してきた（『沖縄医報』二〇〇八年八月号、二〇〇九年八月号）。さらに続編の執筆を考えているうちに、今年（二〇一一年）三月十一日、日本に未曾有の天災が襲い、世界が一夜にして変貌した。それに触れるが、その前に考えること、哲学について書く。

今年四月、ドイツの哲学者ニーチェの「ツァラトゥストラはかく語りき」の解説書「ツアラトゥストラ」をＮＨＫ‐ＴＶ「１００分de名著」（参考2）を見て、目からうろこの思いがした。

著者の若き哲学者、西研によれば、ニーチェの言うルサンチマン（ressentiment、うらみ、ねたみ、そねみ）は、「無力からする意志の歯ぎしり」、「もし〜だったら」という「たら・れば」という感情であり、その根っこにあるものは自分の苦しみをどうすることもできない無力感であって、その無力感を何かに復しゅうすることで紛らわそうとする心の動きであるという。それが問題になるのは、「悦びを求め、悦びに向って生きていく力を弱め」、「自分の人生をこう生きよう」という「主体的な生きる力を失わせる」からだとしている。

西研は、時にギターを片手に弾き語りながら、さらに「超人へのプロセス：幼子のように無心に」「永遠回帰」「仕方ないから欲したへ」「悦びを汲み取るゲーム」等、解説していった。

ハーバード大学のマイケル・サンデル教授による「白熱教室」が、今年の正月に連続六時間、二日間にわたって放映された。「殺人に正義はあるか、命に値段はつけられるか、富は誰のもの、お金で買えるもの買えないもの、動機と結果どちらが大切?、嘘をつかない練習、愛国心と正義どちらが大切?、善き生の追及」等のテーマで、具体的実例として「殺人と人肉食」「クリントン大統領のモニカ・ルインスキー事件」「プロゴルファーのゴルフ・カート使用問題」等面白かった。講義を受ける学生から意見を聞き、解釈、解説し、哲学的議論に導き、概念を極限までおし進めていく。この対話型講義は演劇を見ている様な趣があり、ドイツの哲学者カントの言う「純粋理性」なるものが、明らかに実在することをまざまざと納得させられる程の迫力があった。

第二次世界大戦後、世界は「不安な時代」であって、サルトルの実存哲学（参考3）は世界の文化、社会に多大な影響を与えた。『現実存在が本質に先立ち、アンガジュマン（engagement、社会参加、投企）、未来があなたを決定する、アプリオリ（先験的）に自由、実存的決断、私は私になる』等のキーワードは難解な思想概念であり、理解し難く、受け入れられず、対立的な思想さえもあった。それが五十年を経た現代社会においては自由、第三の性は至極当り前のコトとなり、「自由の刑に処せられている」コトも普通に実感する。宇宙時代を謳歌している我々現代人は、自然科学の分野でニュートン力学、アインシュタインの相対性理論を過去のものとしたように、サルトルをもまた、過去のものとしている*1。

第一次、第二次世界大戦を経験した世界は、近代（モダンな時代）を経てポスト・モダンの時代に入り、「大きな物語」は死んだ。日本では第二次大戦後、高度成長期を謳歌し、Japan as No.1 と賞賛された時代も過ぎ去り、不況、失われた十年といわれる世紀末の混沌とした時代に入る。自然科学の熱力学から生まれた「複雑系」という現象、考え方は、経済や歴史にも当てはまり、哲学思想の一つでもある。その混沌とした複雑な二十世紀末、思想、哲学、文学も自信を失くし、停滞していた時期があり、かの有名な大江健三郎は一時、筆を置くことを考えていたという。ところが、当時二十四歳の、史上最年少で芥川賞を受賞した学生作家、平野啓一郎が「日蝕」で華々しくデビューすると、大江はその後、「宙返り」で復活、復帰し文学界は活気づく。最近は十代の女性芥川賞作家も続出して賑やかである。今年、第一四四回芥川賞は朝吹真理子の「きことわ」であった。

ニーチェは、ルサンチマンこそが神を生み出したとして神を否定した。『神が死んだ』後はニヒリズムの時代となり、「末人（憧れを持たず、安楽を唯一の価値とする人）がはびこり、ひょっとするとそういう人間が人類の歴史が生み出す最後の人間（＝末人、まつじん）なのかもしれない（参考2）」と、西研は解説する。私の学生時代は絶望の哲学、〝虚無主義のニヒリズム〟は難解、異端の哲学と位置付けられていた。〝ニヒリズム。価値、意味、目的を喪失し夢や理想の無い時代とは今、まさに現代のことではないのか〟（参考2、4）との認識があり、ポストモダンの時代をニーチェが最初に予言したとの指摘（参考5）もある。

日本の若手哲学者が危機感を抱き、二十一世紀の哲学はどうあるべきか地道に議論し、「倫理」をキーワードに存続すべきであろうとの結論を得て、その後、シリーズ〈人間論の21世紀的課題〉が編集、出版（参考5）された。最初に私が手にした当時は、編者自身が「反時代的とも言いうるこのような書物の出版」とあとがきで述べているように、その時代に説得力、現実感がなく、違和感さえ感じたことを覚えている。

二〇一一年三月十一日、三陸沖を震源とする地震が発生した。沖縄県医師会は津波が沖縄に到達する時刻と万一の対応の緊急依頼文を、即刻、各施設長に送付した。映像で見る震災は、どす黒い津波が無気味に恐ろしく地面を這い、建造物、車、あらゆる物を押し流し、見る者を恐怖に落とし入れる。全世界に配信された映像は、まさしく二〇〇一年九月十一日に起こった世界貿易センタービル爆破事件の、崩壊の映像の恐怖と相似て、一夜にして世界を変えてしまった。

津波が押し寄せ、そして引いていった境界線の一歩向こうには、何事も無かったかのように、全く何も変わらぬ家並みや自然の風景があり、生死を分け、次元を異にしたその境界は何であるのか、何でもないのか。被災地は正断層多発、地盤沈下、地殻変動で、日本国土の地形をも変えている。地球誕生後、四十五億年の時を跨ぎ、地震は自然現象としてはさほど珍しいことでもないマグマ活動であろうし、これまで数百万回もくり返されて現在の地形になっていることでもある。そこに人類が住みついて、震災後二カ月半が経った今も八千人余の行方不明者がいて、ボランティア活動者が予期せず不意に不幸を目にするという現実を知らされる時、発する言葉もない。(衷心よりお悔やみを申し上げます。)

被災地救援の参加報告をした講師が、少年時代に過ごした海岸べりの震災前後の写真と、四月になって荒涼とした殺伐な廃墟に一本の桜の花が満開に咲いた写真を見せられるその時、自然の途方もない強烈な頑健さ、無常を感ぜざるを得ず、それは息をつまらせる程の涙を誘う。*観てる私って何？　私はなぜ生きて、観ているの？　と、かえってそれは心の内奥に問いかけてくる。

震災は震災のみにとどまらない。

石原東京都知事は、震災発生三十分前に一五〇パーセントありえないと広言していた四選出馬を、妻の「あなたの仏道、天命」の一言で撤回、都議会で出馬表明をした。芥川賞選者の一人でもある石原慎太郎は、余生を文学に費やそうと、長編小説を七つも細部まで構想していたという。さらに千年に一度の大震災で選挙運動どころではなかったが、災害対策に取組む姿勢が評価され、四期目を任せられることになる。

天与の才を授かった世界の競泳者、北島康介はオリンピック出場の選考を兼ねた競泳会でスタート直後に左太もも付け根付近に肉離れを起こした。九割がた棄権を考えながら変則的に泳ぎきったところ、選考基準を達成した。インタビューではこれまで決して言ったことのない「俺が世界の頂点に立つ」と初めて口にした。何が彼にそう言わしめたのか。畏れるように「何かが俺を後押ししている。それは震災の体験」—と。

一億総写真家の現代社会において、時代を反映する写真を撮り続けてきた篠山紀信は、

＊　救急医療に携わっている医師の現地報告集会。本人も被災者の家族であるが心中をコントロールし淡々と事実を語っている姿が胸を打つ。

山口百恵、松田聖子、ＡＫＢ４８を撮り、アイドル写真集を数多く出版し、ニーチェ的悦びの哲学を実存的に active に実践しているが、「これから震災を撮る。震災後、自分の中に何かが起こっている。それは日本人なら誰でも感じていることでしょう」――と。

震災発生当日、首都圏を停電、交通マヒが襲った。帰宅困難者が六〇〇万人、Ｍ７以上の余震に「死ぬのではないか」という死の恐怖を、暗い東京の夜に経験した者も多い。余震、誘発震はこれまで六千回を数えＮＨＫは「震災で変わった女の生き方」「命の大切さ、寄り添える人がほしい」を紹介した（五月三十日放送）。「仕事すごくしたけど、それが何」、震災が後押しし、「結婚する人が増え」「離婚を思い止まる人が増えた」「いつ何が起こるか分からないから、素直に話せるようになった」「家族バラバラ、どうしようか」、絆、「計画停電で家族とトランプをする大学生」「責任あること、意味あること、考え方が重くなった」「人に何かしてあげたい」「近所づきあい、隣に住んでる人にアイサツするようになった」「自治会活動も前向きに考えるようになった」。

震災は生き残っている人の意識、行動パターンに確実に影響を与えている。人と人との絆を強くし、共感を伴い、外国からも予想だにせぬ応援、援助が続き、国家を越えて人類は一つ、生きてる感情は同一ではないかとさえ考え（させられ）る。中国も、昨年九月尖閣諸島沖で中国漁船衝突事件を起こして対日感情を悪化させていたが、震災への対応で日本人が〝秩序正しく、冷静で、忍耐強い〟と好意的な態度（読売新聞五月十日朝刊）と報じた。

復興、再生に向けて日本国民が前向きに、ひたむきに努力している。時間が経ち、生き残った被災者が我に返ると改めて身近な死者への後ろめたい後悔、サイバー・ギルドの問題が起きている。余震やテレビ映像が、傷つきやすい子供の心を襲っているとの報道もあり、医療人の果たす役割は今後も続く＊。

原発事故は、人災も併せ加わって放射能汚染問題を拡散させている。電力不足から派生する計画停電は、東日本に限らず、全国民の意識改革を進めている。電力消費ピーク時の対策から勤務時間、勤務形態、サマータイム、消費電力軽減器具の開発等、多岐にわたる。期せずして対応しなければならなくなった自然エネルギーの問題、科学技術の進歩やその意味、価値を考えるということ、それは、哲学の問題である（参考5）という。

自発的に集まった募金額は予想以上であったが、その九割以上が被災者に渡っていないという。（行政も被災したという事実はあるが）行政も、国政も機能していない感を持つのは私一人ではあるまい。税金を納めたがらない国民性がもしこの国にあるとするならば、徴収する当事者も善意の莫大な寄付金が集まったこの際、よく考えてもらいたいと言わざるを得ない。個々の政策立案、実行のみにとどまらず、永田町の、国民を不幸にする情報は政治家のバックボーンに政治理念の必要性をも痛感させられ、サンデルの主張する政治哲

＊　個人のＰＴＳＤの問題への対処以外にも、大規模災害が今後起こった際の現実的な対応について医療団体の取り組むべき方策が検討されている。

学、コミュニタリアニズム（コミュニティを重視するサンデルの哲学的立場、参考4）が、今後大切な役割を果たすと思えてなりません。

これまでも二十世紀末に『ソフィーの世界』が出版、放映され、哲学ブームは幾度となく繰り返されてきた。そして今年五月二十日には〈14歳からのプチ哲学シリーズ〉が創刊された。サンデルの「白熱教室」は、日本人の魂の奥深いところに潜在していたものに火をつけ、そして自分で考えることを促している（参考4）という。それは昨年来の放映、出版であるが、震災が後押しして、広まっているのは間違いないと思える。

人類の歴史の中で先駆者が世界を切り拓いていく中で、思想、哲学は常に先導的な役割を果たしてきた（レーニンのロシア革命は哲学者マルクスの唯物史観の実践であり、それはデカルトの身心二分論の系譜に由来する）。日常では意識しないこの哲学の問題は、自然界で起こるべくして起こった震災を契機に、新たな地平の展望を予兆させる。絆、つながり、想い、元気、がんばれ日本、さらには連日放映された日本公共放送機構のコマーシャルは〝倫理的〟そのものであり、世界に伝播した大災害の影響は、日本の若き哲学者らが現代の社会に問題意識として提示し続けてきた〝倫理的パラダイムを復権させる時代（世紀）でなければならない〟（参考5）を、現実の問題として認知、支持され、そして広がって、これからの世界を切り拓いていくものであろうと、私は今、ひしひしと感じているところです。

（二〇一一年五月末までの情報をもとに六月二十四日記。本稿、脱稿後、「ツァラトゥストラ」100分de名著、NHK放送が好評につき八月も再放送されることを知りました。また、「マイケル・サンデル大震災特別講義」がNHK出版より緊急出版されました。八月一日追記。）

参考文献

1　E・J・テイラー　江本愛子、江本新監訳「スピリチュアルケア　看護のための理論・研究・実践」医学書院

2　西研「ツァラトゥストラ」ニーチェ　100分de名著　NHKテレビテキスト　二〇一一年四月創刊号

3　J・P・サルトル　伊吹武彦訳「実存主義とは何か」人文書院

4　小林正弥「サンデルの政治哲学〈正義〉とは何か」平凡社新書

5　石崎嘉彦、紀平知樹、丸田健、森田美芽、吉永和加「ポストモダン時代の倫理　シリーズ〈人間論の21世紀的課題〉序」ナカニシヤ出版

（『沖縄医報』二〇一一年九月号、六十七歳）

＊1　文化人類学者レヴィ＝ストロースは無文字社会における親族関係の人間行動の実地調査から、人間の行動は本人も気づかない力で決定されることを示し〝サルトルの自由の概念〟を否定した。

哲学史の中では「構造主義」と呼ばれ、現代社会を理解する大切な視点と考えるが、本稿では主題と離れて繁雑となるので割愛した。

東日本大震災の被災地へ

大震災発災後、TVのコマーシャルは公共広告機構の自粛で一切無し。バラエティ番組も姿を消した。四月からNHK朝の連続TVドラマ、井上真央主演の「おひさま」は清々しく違和感はなかった。その年の五月連休にはドラマの舞台となった長野県安曇野へ家族で旅をした。清流が流れ、「早春賦」の歌詞の碑が建つ。観光用に二輪自転車の貸し出し。大王わさび農場。昔からの豪族が支配し、誇り高きのどかな農村村落。自分たちの側を内地と呼び、中央のほうを外地と称す雰囲気は今も残っていて日本の古き佳き原風景がある。

帰途は、四国徳島へ瀬戸内海を渡る。大渦潮を間近に船より見る。また、ヨーロッパ旅行はこれからできないだろうから、せめて、と古今の西洋美術品を現物大に複製した作品を売り物にしている「大塚美術館」にも足をのばし、一日中を館内で見て過ごした。実物を模倣したシスティーナ礼拝堂も目玉であるが、見終わってしまうとやはりレプリカでは物足りなかった。本物でなければならなかった。

ふり返ってみて私は何故イタリアに行ったのだろうか、行けたのだろうかと考える余裕をもっている今*、その問題を説明する必要があると考えるにいたっている。そしてそのはじまりは、東日本大震災がきっかけになったといえる。

二〇一二年三月十三日、東京で日本公衆衛生協会の表彰式典があり、出席するか否かの問合せが医師会事務局より一月中旬ごろあった。こういう機会にかこつけ、東京にいる子供達にも会えるため、出席を考えるのだが、しかし、当日は火曜日にあたるので迷った。返答期限は迫っており、とりあえず出席の返事をした。月曜日、火曜日と診療を休んだことはこれまでになく、気が重かったが、震災一周年の3・11が日曜日にあたり、被災地を訪ねることができればこの旅程は許されると考えた。

情報を集めた。鉄道の復旧は完全ではない。気温も三〜四度で寒いとの報道であり、旅はおっくうで、不安も大きかった。が、一周忌の計画や報道が増えてきて、その日をどこか関係のある場所で過ごしたいという思いが強くなった。宿を予約しようと電話をしたが通じなかった。インターネット情報も欠落部分が多く、現地に着いてから宿を探すことにし、三月十日仙台空港から石巻へ行くことを決断した。

三月十日（土曜日）、宿泊所が決まらないまま那覇空港より仙台空港へ、JRを乗り継ぎ仙台駅へ。観光案内所で情報を集め、結局、その日は、どうにか仙台市内に宿がとれた。

＊ 2015年6月

久しぶりの仙台市であった。

翌朝、ホテルより仙台駅までタクシーに乗る。運転手が丁度一年前の三月十一日、その日の体験を語ってくれた。その日、公共交通機関、バス、電車が運行できず、唯一タクシーが移動の手段となる。お客を乗せれば目的地まで他のお客を乗せられず、それでもタクシーを待つ人達が沿道には群がっており、その中を運転していると逃げるようで申し訳ないような罪悪感さえ感じたという。四六時中客を乗せて被災地を往復する毎日が続いた。私を乗せて運転している最中も、街中いたる所にタクシーを拾う人たちがいたことが目に浮かぶと話していた。*1

そのうち寄りあってきた人達が言葉を失っていると――。隣組だった人や友人が集まり再会し、肩を抱き合って喜んではいたものの、亡くなった方、行方不明の人の話になるとなぐさめようもない。お互いが生きのびて、これから励ましあって生きていこうとしているなかで、「お前のほうは一人亡くなったが、わしたちは親族五人も亡くなった。まだいいほうだよ」と励ましのつもりで言った言葉が、「自分の気持ちがわかってない。おまえも知ってる○○が死んだというのにいいほうだとは何だ」と言い争う。（なぐさめている方も）二の句がつげず、共に、一緒に生活していただけに、憎悪の感情も激しく、はれ物にさわるように言葉を選んでいるが、今、現地ではこうした、またはそれ以上の予期せぬ問題も起きている――。

ＪＲ石巻線の（ＮＨＫ朝の連続ＴＶ小説「あまちゃん」で紹介されたような）小ぢんまりとした電車の座席に座っていて、この近くまで津波がおし寄せてきたと知らされる時、やはり尋常ではない胸騒ぎがする（往きも帰りも乗り継いで行けた。沖縄で出発前に心配していたＪＲ石巻線の一部の未復旧も、私の旅には影響がなかった）。

石巻駅の周辺には観光客相手の小さな街がある。この一帯も津波が膝頭の高さまでおし寄せ水浸しになったという。被災後の人の動きをみていると悲しいものがある。大災害を受け、日本中が落ち込んでいるなか、それでもこの石巻で生活していかなければならない人達はいる。個人が撮影した大震災の映像を集めて編集したＣＤを立ち売りしている男がいた。「ＴＶでは放映されない、まだ誰も観たことのない映像です」と売りこむが、生活のためとはいえ心が痛む。

ここで一泊しようと考え、駅周辺の宿泊所を尋ねたが、その日は泊まれるはずもないほどに人は多く宿は少ない。一日をどう過ごそうかと考えながら歩いているとタクシー乗場に来た。何の変哲もない普通のタクシー乗場である。観光タクシーのように借り切って案内してもらおうと声をかけると、すでに手際よく、一時間コースと二時間コースが用意されていて、一時間でも被災地の様子は充分見て回れますよと案内され、その勧めに従った。

タクシー運転手は感情を混じえず仕事として説明しながら、効率的に淡々と道路を走る。街や家並みの跡かたは無くなり、一年経って片づけられてはいるものの、被災した車をまとめて山積みに置かれてあったり、被災した大きな建物が残っている光景は異様である。

所どころに、お花や線香、おそなえをしているところがあり、そこは拝所の様子を呈している。道路のわきの普通に住宅が建っていた場所が拝所となるのも物悲しいが、一年忌で黒い喪服姿の人達が集まっていたのが涙をさそう。三三五五と地元の人らが集まり、それぞれに悲しみをこらえて住居跡を前に立ちつくしている姿をみていると、そこが住み慣れた生活の場であったことが明らかにわかり、その気持ちはひしひしと伝わる。部外者に気づき、見られていることに気づいて、若い喪服姿の女性がくずれ落ちるように身を隠したい仕草を見せた時、私は悪いことをしたと深く恥じた。〝どうしてこういう目にあわなければならないの？　どうしてみんな亡くなってしまったの？〟ただそれだけを訴え、叫んでいるようにみえた。

被災地で一周忌を催す鎮魂の場は何カ所にも設けられていた。

校舎の奥の一帯は古くからの墓所になっており、その手前の広場では坊さんが読経をして供養をしていた。そこより海岸寄りの道路の脇、住宅地であったであろうその場所には七、八メートルくらいもある高さの大きな供養塔が新しく建てられており、その前には祭壇も、小石を敷きつめた広場も、受付けも設営されていた。車を降りると私は声をかけられて、菊の花を手渡された。案内されて祭壇に向かい、花を手向けた。自分がそのようなことまでするとは、いささか心の準備ができていなかったが、初めて出会った人たち同士が皆ボランティア活動で、被災者の供養をするため、というただ一つの目標に向かって丁寧な心のこもった対応をしていた。説明することも、ためらうことも不自然なくらいに深く鎮魂に自ら身を投じていた。献花を終えて、数歩のところには簡易テントが張られた休憩所があり、各県から集まったボランティアが、お茶やコーヒー、団子や、湯気のたっている温かいおでんまでも準備をしていて、そのサービスぶりにはこちらが恐縮するほどにていねいな、あたたかい呼びかけをしていた。

これから式典が始まるのだろうか、カメラマンなど報道関係者らしき姿もみられた。

タクシーはせかせることもなく、被災した石ノ森萬画館ではカメラアングルの絶好な場所まで案内され、旧北上川に架かる大橋、そして東洋一と言われた石巻のマグロ卸売市場跡地にも車を走らせてくれた。

かつては、家並が続き、電柱や信号機が立つ緑豊かな生活の場であったであろうその場所は、見わたすかぎり何もない、土くれだけの土地が延々と続く。かつては活況を呈していたという、二〇〇〜三〇〇メートルは連なっていたであろう、その市場の残骸跡を前にして、私は目くるめき、正常な感覚を消失させられるように茫然自失、立ちすくんでいるのみであった。

約束の時間が過ぎて駅にもどると、人混みの中で何かあわただしい動きがみられた。全国の追悼式の時間にあわせて、この地、石巻市役所でも追悼式がとり行われるという。歩いて行けると教わったが、人の流れもその方向をめざしていて、一〇〇メートルほどもない近くに役場はあった。誰でも参加は自由というので私もエレベーターに押し込まれるように乗り、四階の市民課の広い待合室に向かった。

そこは、すでに足の踏み場もないほど混みあっていた。連なる廊下も混雑していて、左手の奥にある待合室は中が見通せるガラス戸で仕切られ、そこで全国放送のTV番組で東京での追悼式の模様を中継していた。市役所関係者や地元被災家族関係者が一〇〇席ほど設営された腰かけに、静かに座っていた。追悼式の音声は全館に放送され、全国の黙とうを告げる時刻には私もその場で黙とうを捧げた。

ガラス越しに見えるその追悼式場へは小さな出入口があり、その中には献花台が設置されていた。追悼式の全国中継放送は続いていたものの、ここでも順次列をつくって供花を捧げる人達が絶えなかった。そのうち、私も列に加わり式場に入って献花をし、戻ってきた。

しばらくして帰りがけに、この場で私自身の写真を撮ってもらおうと思いたち、声をかけ易そうなうつむきかげんの小柄の男を見つけた。「私の写真を一枚撮って下さい」と頼むと、その若い男は少し驚いた様子もみせながら、「広島から来た者です」と名のってなれない手つきで不器用にもシャッターの場所を探し、誠実に撮ろうと努めていた。私はどう返事をしたらよいのか、何ゆえこの場所にいるのか、私の素性も語らねばならぬのかと思い、被写体として立っていた。少々じれったくなったので、バック（背景）をどうしようか、あちら側の掲示板のある壁の前にしようかと移動しながら、彼がカメラに早くなれてくれるよう願った。時間がかかったが、撮り終えたので、お礼を言おうと彼に近づくと無理して笑顔になろうとしたのだろうか、顔が歪み、くしゃくしゃになった。私もつられて顔の表情がぎこちなくなった。遠い道のりを経て彼は此処に来て、私もまた危険を覚悟してまで、たまたまこの場に居合わすことができたものの、言葉を発しようとすれば何と言っていいのか、こみ上げてくるものがあった。彼にも何か駆り立てられるものが確かにあったのであろうし、単なる動機で来れるものでもない。しかし、そこに言葉はいらなかった。其処に、深い鎮魂の場にそれぞれいるだけで、深い交流ができたように感じられ、満ち足りたような納得感、充足感さえあった。

後で撮ってもらった写真を見ると、何枚も着重ねしたぶこつな男が役場の掲示板の前に、無造作に立っていた。

東京大手町サンケイプラザホールで行われた式典に参加した後、[*] 待ち合わせた息子と昼食を共にし、そして羽田空港より帰沖した。

（二〇一五年六月四日記）

＊1　大震災から四年半が経ち、生存者から当時の被災状況を聴取する特別報道番組（二〇一五・五・三一、一〇時三〇分）があった。生の証言を聴くことによって今後の災害に対処するヒントが個人にも公人にも参考になる。防げる事、備えるべきことがよく解るように説いた取材に基づく番組だった。声をひろってみる。

「何もわからないまま不安な時間を過ごしていた」。「ヘリコプターがひっきりなしに来た」。「自分の意識がどこに飛んでいるのか。ぼう然自失。夢じゃないかネー…と」。「すごく寒くておなかが空いていて……」。「極度に緊張していた」。「石巻の街の中心部も水浸し」。「何をすればいいのか。言葉もでない」。「とりあえず私も歩いて、あるいて。ダメかなーと思って歩いて……」。「自分たちの情報が伝わったことはすごく安心」。「そこは丸見えの状態」。「跡かたもなくなっていた」。

＊　喜久村徳清「日本公衆衛生協会公衆衛生事業功労者表彰を受けて」『那覇医報』2012年夏季号

「救援物資が届いたのは三日後の三月十四日のことです」。「よくやってくれた」。「援助をもとめる子供たち。ほっとしていてはどうにもならない」。

「津波警報のくり返し」。「水の中を渡ることになり、不安はやっぱりありました」。「田畑があったのですが海のようになっていた」。「その先は未知数。何があるかわからない。そこまでとりあえず行くしかない。そういう心境だけ。途中で道路がなくなっていた。皆、愕然として、どこいく、どこいく、選択肢はマノ峠へ」。

「何もかも変わりはてていた」。「色がなかった」。「今まで想像もしていなかった、街並みが壊滅状態」。「道、すべて通れなかった。ガレキで通れなかった。トンネルに通じる道がなくなって、閉ざされていた」。

「うっすら雪が積もっていた」。

わたしは何故イタリアに行ったのか、あるいは行けたか

三月に東日本大震災の被災地を訪ねたことで、目標に向かって行動できる体力が残っていることに自信がもてた。旅をやりとげたという達成感も、充実感もあった。翌朝、新聞をめくっているとイタリア旅行の広告欄の記事が輝くように私の目にとまった。これから忙しくなるし、さらに年を重ねるとチャンスも減るであろうから旅行をするのなら早い方がよい。ゴールデンウィークまでまだ時間はあるが、情報だけは仕入れておこうと、街の旅行社の受け付けカウンターまで出かけて行った。

「ゴールデンウィーク出発の申し込みはもう遅いです」とカウンター嬢は困惑した顔をしながらも、イタリア旅行の出発希望日を確認してから何カ所かに電話を入れた。そして四月三十日那覇発、五月一日成田発のイタリア三都巡り七日間の旅の残り二席が取れそうだということがわかった。切羽詰まった中で私は喜び、返事を翌日まで待ってくれるよう頼んだが、これはビジネスであった。予約は、今ここでしないで別のお客様があらわれるとそちらの方にチケットは発行されることになるという。仕方がない、予約を申し込むと予

約金は五万円×二人分、期限は翌日三月十五日、払い込みがないと自動的にキャンセルになる。これもいたしかたない。実行するかどうかは一晩考えながら判断しようととりあえず予約し、旅の案内資料をもらった。持ち帰ったパンフレットには「二〇一一年度四月、十月イタリアNo.1人気コースの三都巡り」と印字されていた。

妻に相談すると激しく反対された。この時期に突然ヨーロッパなんて、無責任にもほどがあると思ったに違いない。旅行の理由も理解されない。「昨年、大塚美術館に行ったが満足できない。今しか行けるチャンスは無い」とも話したが通じることはなかった。「私が反対してもあなたは行くのでしょうね。私は絶対行かないわ」。私は善意に解釈することにした。

翌日、診療所の仕事を終え、閉店間際の旅行社の受付けカウンターへ五万円を持って出かけた。カウンター嬢から、「一日早い三十日成田発のイタリア旅行にキャンセルが出たので変更もできます」と知らされた。一日も早く行きたいと思ったが、キャンセルした理由も気になるし、あれ程妻と言い張って決めた旅行の日程を変えることも気がすすまず、そのまま予約した便の契約を済ませた（後に、キャンセルが出た便は一日早く目的地に着くが、私が行きたいと思っていた美術館の休館日になっていたことを知り、胸をなでおろした）。

旅の準備を始めた。これまで集めていたイタリア関係の本を取り出し一カ所にまとめ、この旅に役立ちそうな書物類を選びだした。街の本屋の旅のコーナーで新しい情報を得、コンパクトにまとめた本、雑誌、旅行用のイタリア語の本までも手に入れた。

ガイドブックを参考にしながら、運転免許証や、クレジットカードを持つことにし、小型辞典や電卓は持たないことにした。パスポートのコピーや顔写真を持参、旅行費用を支払って契約。「疑問、質問があればこの窓口に相談するように」と言われるが心許ない。帰りにデジカメやメモリーを新しく購入したが、好事魔多し。この忙しい時期に持ち帰ったデジカメはハードの不良製品であった。あり得ないことが起っている。

あらためて落ち着き旅行関係の案内書を見る。名画のロケ地、永遠の都、ゴールデンルート。街歩きのモデルプランの紹介には「スペイン広場から徒歩十五分でトレヴィの泉、十分歩いてパンテオンに着き、二分歩くとタッツア・ドーロ、さらに六分足をのばすとナヴォーナ広場に到達する」コースが載っている。さらに「いにしえの大帝国の足跡をたどる古代ローマ散策。古代ローマの世界を歩いてみよう」には、ヴェネツィア広場、カピトリーニ美術館、フォロ・ロマーノ、パラティーノの丘、コロッセオ、サンタ・マリア・イン・コスメディン教会、マルタ騎士団の館、ティベリーナ島、トラステヴェレを巡る、駆け足コースの紹介までも載っている。わくわくしてきた。

ヴェネツィア、フィレンツェ、ローマを訪ねる団体旅行とはいえ、各地で半日は自由行動の時間がある、寸時を惜しんで効率よく観光しようという視点から計画を練った。団体旅行解散後の六～八時間をいかに過ごそうかという計画は、遠いヨーロッパの出来ごとではなく、イタリアの、あるいはローマの一地点を出発地として、その日の宿泊予定のホテルにたどり着くまでのことを考えればよい。例えばフォロ・ロマーノは地図上類推すると七〇〇～八〇〇メートル位の広さのところに、古代ローマの遺跡が重複して建てられているので、これは例えていえば那覇市の天久新都心から国際通りを歩いて県庁前に行くような感覚でよい。団体旅行中はゆっくり体力を温存し、自由時間は速歩で多くのものが見ればよい、と細かく構想を練る。

このツアーの自由時間の過ごし方は、最後のローマ観光が問題である。サンピエトロ大聖堂は午前の団体旅行中フリーで入場できるが、隣にあるヴァチカン博物館、最も行きたいと思っているシスティーナ礼拝堂はコースに含まれていない。おまけに礼拝堂の最終入場時間は一四時までと、旅の案内書には載っている。確認せねばならぬが、時間に間に合わないのなら別の自由時間の過ごし方を考えねばならない。

「イタリアは日本の仙台の緯度に位置し、地中海性気候、朝晩の寒暖の差が激しい」との記述を見て、旅行中の衣類をどうするか、亜熱帯気候の沖縄に長年暮らし、寒さへの対処の感覚はとりもどせていない。荷物が重くなっても困るが寒さへの対応がまずく、風邪をひいても困る。この件は、後になってウィンドブレーカー風の軽いジャケットを手に入れることで解決し、寒暖差のある地中海性気候の旅には正解であった。

旅の危険の記述は神経を集中して読んだ。ジプシーの子供たちのスリもいまだに多い、夜は一人で出歩かない方がよい等の注意もある。旅の準備を進めていて、弟たちのアドバイスも有り難かった。弟が、「危険な目、強盗にあうこともあるが、強盗は命がほしいわけではない。金がほしいだけで乱暴に盗ろうとして殺してしまう。それで、一ドル紙幣を左右、両方のポケットにできるだけたくさん準備して、身の危険を感じたら逃げながらその札束をわしづかみに取り出してばらまけばいい。盗人はお金に気をとられ拾うだろうし、自分はその間逃げれば良い。どの手も使えるように準備をしたことはあるが実行したことはない」等と経験談を披露した。面白かった。旅の案内書には書かれていないが、痛快な一人旅では、危機的状況に陥ってもそれを乗りこえていく勇気、やる気が大切で、窮すれば誰か助けてくれる、アイディアも湧いてくるものだと、楽しくなった。

そして、現実にイタリアへ行き、無事帰沖したのだがｒｉｓｋｙな面が全く無かったというわけではない。その体験、感覚的に残っているハッとした場面をどう反省し、表現し、客観的に伝えられるかも大きなテーマの一つだと考えていた。[*1]

日本は世界に冠たる安心、安全な国と言われ、私もそう思う。しかしそう言われて安心して日々を暮していていいものなのか、いつまでも続くものであろうかという思いにもかられて、旅の準備もおこたらず、実行した。決して無謀という事には当たらない。

そんな折り、衝撃的なニュースが流れた（五月八日速報記事が新聞に載った）。私がイタリア旅行から帰った直後の二〇一二年五月七日午前二時、南米チリのサンチヤゴで国立天文台の森田教授が自宅アパート前で死亡しているのが見つかり、その後、チリ警察の調べで強盗殺人であったことが判った。繁華街で午前〇時過ぎまで知人と食事。その後三キロの道のりを歩いて帰り、自宅前で頭を強く打たれて殺害された。私の旅の余韻が強く残っているその時、さらに私が強い関心をもっている宇宙、その開発の進歩を支えている大型天体望遠鏡の設計を専門にしていたという尊敬に値する貴重な人材が無残にも殺害された。[*2]日本国内ではありえないであろう事件で、言葉を失った。私のｒｉｓｋｙな感覚の体験を書く意味や意欲が吹っ飛び、ただただ教授の死をわがことのように悲しみ畏れていた。哀悼の意を表するという言葉さえも白々しいほどの思い、恐怖心さえあった（後に、大型天体望遠鏡が完成した暁に森田教授の死を悼み、その名が冠せられた）。

旅行用品で足りない物はレンタル会社で借りることにし、予約のため下調べをした。はいていく靴に迷った。できるかぎり歩きまわって「何でもみてやろう」というスタンスであったので、手持ちのウォーキングシューズかランニングシューズ、それとも新しく靴を買おうか等と考えながら、定期的に毎日ウォーキングをした。

本屋を幾つか訪ね歩いているうちに、デパートリウボウのイタリア物産展にも出くわした。イタリアの土産品店に寄ったつもりで見ていたがあまりほしいものは無い。炭酸入りの水があったので買って飲んでみたらやはりまずい。

出発の十日前、最終的な旅行日程、説明書、注意書き、eチケットが送られてきた。旅程を確認してそのまま大切にしまっておいていた。

準備は進んでいるものの、どうも実感が湧かず不安もある。四月二十七日（金）、普段の診療の合間に最終旅行案内説明書を取り出していると、相談窓口の電話番号が目にとまったので電話をしてみた。ツアー名と、eチケットの個人番号を尋ねられて確認の後、シンプルな素朴な質問にも懇切丁寧な応答をしてもらえることが解った。不安はすこし払拭されたが、質問時間は十分と制限されていた。何度でもくりかえし質問はできるとの説明だったが、受付けは十七時までで、土、日曜日は休み、結局は一回きりの質問しかできずに歯ぎしり。

その翌日からの記録が残っていた。

四月二十八日（土）、いつもの我が診療所で仕事。一四時三〇分、全国を自転車でツーリングを趣味にして、筋トレもおこたらない中学の同級生のI君が受診。この連休の過ごし方は話題にしない。4・28、祖国復帰運動、昭和三十六年より北緯三八度線で海上交歓交流が行われたニュースが流れる。

一九時二〇分より二時間、近くのフィットネスクラブでウォーキング、ウエイトトレーニング。二二時〇五分前、遅くなったが義兄に電話をした。「今、名古屋赤十字病院から戻ってきたところ。明日、夫婦で伊勢神宮へ行く」とのこと。慶事はいても立ってもおられず、かり立てられるようで、聞くほうも嬉しくなる。

四月二十九日（日）、九時から一時間、TVを見ながら朝食。

一〇時半、実家の清明祭に洋子外出。

一二時五〇分、近所のH多川写真館がこの連休中に閉館するので、最後の記念写真を撮ろうと思い、訪ねる。歓待される（診療所にも通院していたが、別病を患い、闘病中）。仕事は可能だが、時間がかかって疲れるとこぼす。被写体として座っている私は、妙な申し訳ない気もする。いつも良心的でシャッターチャンスを数多くねらう。技能士として全国的な表彰もされた記念の品が店を飾る。

浦添アイレントへ注文していたレンタル商品三コを受け取りに行き、和風亭で遅めの昼食。何かしらホッとする。新都心で追加の衣類を買い、カメラを受けとり、簡単な説明を受ける。店員もあまり操作は知らないのか素気ない。

一七時半、帰宅すると洋子は既に帰宅していた。

一九時四〇分より食事しながらTVを観ているとバス運転手の居眠り運転事故の報道。

二〇時二四分、千葉でM５・４の地震発生。ドキッとする。軽くシャワーを浴びる。その後、弟より電話あり。靴の心配をしていて、置き引きには注意を―と。

二二時三〇分就寝。

四月三十日（月）、三時二〇分に目ざめる。雨。暗い。腹が空いてバナナ、ミルク、チーズ、ジュースを口にする。雷も鳴った。いろんな思いが頭をよぎるが、就床、ぐっすり眠る。

六時に目ざめ、起床、八時朝食。

仏前に線香、旅のスケジュール。休診の診療所。

一〇時一〇分家を出発。二リットル入り水のペットボトル、普段使用している運動靴も入っている。ケースは重い。

一一時三〇分から空港レストランで早目の昼食。ステーキ。洋子とカメラに納まり一二時三〇分搭乗口へ移動。

那覇発成田行きのＡＮＡ便は一日一便である。その日、二〇一二年四月三十日、那覇空港一二時五五分発成田空港行きのＡＮＡ２１５便の乗客の九五パーセントは外人だった。屈強な三十代の男性が目立ち、黙々とおとなしく移動している。団体客なのかも判らないが、機内でも妙におとなしく、観光旅行を楽しんでいる雰囲気でもない。普段利用しない成田線は国際線が売りであるので、外国人が多いのは理解しようとしたが、チラホラ見かける日本人は五、六人程度で機内のイヤホンも英語放送だった。後に思い返すと、あの集団は沖縄から退役した米国軍人が成田空港経由で本国へ帰るところではなかったかと愚考するほどに静まりかえっていた。

成田空港ではホテル行きのバスの発着所が各ホテル別に決まっていて、十五分程度の乗車時間であったが独特の雰囲気がある。ホテルに着き、いよいよ明日は出発だという気分が高まりながらも就床。

翌朝、リムジンバスで空港に向かう道すがら、警備の車列に気づき、警察官が要所、要所で目を光らせていることが判り、緊張が走った。そして空港全体が鉄条網に囲まれた中に入る道路の出入り口にさしかかった際、リムジンバスに乗り込んだ私服の係り官によるパスポートの点検があった。JRを経由した成田空港利用ではありえなかったことである。団体旅行集合場所で女性ツアーコンダクターに初めて会い、受け付け後、確認事項をチェックし、オプショナルツアーの申し込みをする。団体旅行後の自由時間は一人で行動すると伝えると、怪訝な顔をされて経験はありますかと訊かれた。そう問われると三十歳の頃、米国を一人旅したことはあるが、全然参考にならない。今回の旅で尋ねたいことが山ほどあったが、そのような問答の時間ではないと悟らされ、通貨交換の場所、荷物を預ける場所、乗場を教えられた。同行の旅行客もいたが一人でそこに行き、搭乗した。

（二〇一五年六月四日記）

＊１　私が実際に出会ったｒｉｓｋｙな場面というのは、昼間、多数の観光客で賑わうスペイン広場の階段での出来事である。ジプシーの子供の窃盗団に出遭ったが、そうはいっても普段着の衣類に身をつつみ、後にふり返って、その意図が判ったというワケである。

その日、午後一時スペイン広場のカルパッチョ噴水前で団体旅行は解散となり、それぞれの自由行動時間となった（写真１）。スペイン階段の記念撮影のベストアングルは右側の階段下であると旅の前の下調べで知っていたので、そこへ行ってみると、人だかりで混雑していた。花壇もこしらえられ、のんびりと時をすごすカップルや日本人も見受けられた。階段を登るには抵抗があったので、左側に回避してそこから登った。途中おどり場に着くと中世の騎士のよろいをまとった男が立っていた。この場にその衣装は不釣り合いであった。さらに左側の階段を登ってトリニタ・デイ・モンティ教会前を横切り、階段の右端まで行き、そして降りて行った。その間、立ち止まって休憩も兼ねながら幾つかの風景写真を撮影したが、途中のおどり場の中世騎士がいた場所に差しかかったとたん十四、五歳位の少年に右手をつかまれた。必死になにかわめいていたが、言葉はわからない。すると隣にいた相棒らしき者が、大きな膨れたお腹を突き出してみせる。白いアンダーシャツのままだが妊娠している様な腹部の膨れ具合である。身振り手振りからこの児のためにお金がほしいと懇願している様子に受け取れたが、私にそのような余裕はない。手を振りきって逃げた。数メートル先には警察官が三人立っていたが、私の方からは後ろ向きで、階段のおどり場から広場の方向を見下ろして見張りをしていた（写真2）。身近にポリスがいるので私も動揺することはなかったが、後ろを振り返ってみたらもう少年たちの姿はなかった。私も次の目的地があり、タクシー乗場を目指して何ごともなかったように階段を降りて行った。

写真1
スペイン広場から
階段を見上げる

写真2
警察官の視点から
広場を見下ろす

写真3
たまたま写った少年たち

帰国後、写真を整理しているとたまたま写した風景写真の中に少年達の腹を突き出している犯行現場が写っていた（写真3）。写真を拡大すると明らかに老夫婦の観光客の驚きの顔もリアルに写っている。そしてあの中世騎士の鎧の男の役割は警官の監視の目をくぐって犯行を指示しているようにも見える。旅行案内書には腕時計を瞬時に奪いとるカッターも持っていると説明がある。現場の警察官とはイタチごっこを繰り返しているにちがいないと思うほどである。

ジプシーが今の時代に残っていて、様々な手口で犯罪をくり返し後を断たないということが憶測をうむ。現地へ旅行した者にとっては興味深く、ヨーロッパの歴史、世界観の連想も重なって、その話題は花を咲かせて尽きず、にぎやかになる。

＊2

天文台教授死亡は殺人

チリ警察「強盗の可能性」

【サンティアゴ共同】南米チリの首都サンティアゴの自宅アパート前で倒れ、死亡した国立天文台（東京）の森田耕一郎教授(58)＝山梨県在住＝について、サンティアゴの警察当局者は8日、共同通信に対し、殺害されたとみて捜査していることを明らかにした。警察は強盗に襲われた可能性があるとして、奪われた金品の有無などの捜査を続けている。地元メディアによると、森田教授が普段持ち歩いていた財布と携帯電話がなくなっていたという。

現場付近から若い男が立ち去ったのが目撃されており、警察は事件に関与した疑いがあるとみて行方を追っている。防犯カメラには不審人物は写っていなかった。

森田教授は頭部を強く打っており、傷があったほか脳内出血もあったことから、警察は殺害されたとみて捜査。一方、検察当局者は同日「医師の検視結果を待って、殺人かどうか最終判断する」と述べた。

森田教授が倒れているのが見つかったのは7日午前2時ごろ。現場はサンティアゴ中心部の日本大使館にも近い高級住宅街で、深夜から未明にかけては人通りも少ない。

国立天文台によると、森田教授は7日午前0時すぎまで繁華街で知人と食事。その後、バスが来なかったため約3キロの道のりを歩いて帰った。

地元メディアによると、アパートのガードマンらは7日、森田教授が倒れる前によろめきながら歩き、叫び声やうめき声を上げていたと警察に証言した。森田教授の親族と日本に帰国中だった同天文台チリ観測所所長は共にチリ時間の9日朝（日本時間同日夜）、現地入りした。

森田教授は名古屋大で工学博士号を取得。1983年に東京天文台に着任し、2010年から教授。同年からチリ事務所（現・チリ観測所）勤務。大型天体望遠鏡の設計などに長く携わった。

『沖縄タイムス』2012年5月10日朝刊（共同通信配信）

人生にかしがある

ローマで考えたこと

数十年来、いつかは訪れてみたいと願っていたイタリアに旅することができた。ヨーロッパの金融危機が迫っているなか、旅のリスクも考えながら周遊したのだが、そのエピソードを幾つか書いていく。

成田空港からミュンヘン経由でヴェネツィア入りするが、ミュンヘンでの乗り継ぎの空港滞在時間が二時間強ほどあり、パスポートの検閲をすませて貴重な自由時間を空港の外で過ごすことにした。空港広場にはショッピングセンター、アーケード、レストラン、野外のビアガーデン等があり、地元ドイツ人や観光客の出入りもあって賑やかである。出店には廃車を改造してプロペラを付けた装飾仕立てのホットドッグ屋があって、店の前に孫のようにかわいい男の児が立っていたので写真を撮った（写真1）。カメラを持っている私に男の児が気づいて、近づいてきたので数枚撮り続けているうちに（何か）話しかけてきた。言葉は解らないものの、その動作からホットドッグがほしい、買ってちょうだいと熱心にねだっていることはよく解った。私は一瞬驚き、とまどった。これから未知の国へ行こうと気負って用心深く外界へ飛び出しているのに、この青い目の男の児は何のおそれもなく無心に自分の欲することを伝えようと懸命に言葉を発している。私は三重の意味で言葉を失っていた（日本語も外国語も幼児語も）。

近寄り接近して来るこの男の児に困惑していると、母親らしき三十代前半の小肥りの女性が、やっと探しあてたというしぐさで脱兎のごとくかけよってきて、ドタバタと子供を抱きあげ、お尻を一、二度叩きながら出店の反対側に去って行った。洋の東西を問わず日本人の母親が外人を前に同様な状況に遭遇すれば示すであろう母性反応のすさまじさを、この時見せつけられた思いがした。

写真１ ミュンヘン空港にて

水の都ヴェネツィア、ルネサンス発祥の地フィレンツェで計三泊し観光。都市間の移動は大型バスツアーで、日本の東海道にあたる高速道路やローマ街道を走る。制限時速は一二〇キロ、日本人の添乗員は退屈させまいとマイクを片手にイタリアを紹介する。イタリアは多民族国家であり、歴史も古く、移民も多く日本的尺度でははかれない。

少子化は進み都会は物価高である。学生は中途休学し、働きながら大学を卒業することが多い。八年、十年とかかる人もいるが普通は六年位かけて、三十歳位で卒業する人も多い。結婚しない人も多く、離婚率も高い。南はマザコンも多い。

仕事は世襲制でコネ社会。この国にアメリカンドリームはない。相当できる人でないと成功しない。夢をもつ人は海外へ行く。共同で仕事することはなくスーパーは無い。ピザ屋はピザのみ、パン屋はパンのみ売る。北のピザはスカスカ、パリッとして、南はモッチリ、切り売りをして温めてくれる。おいしい。ジャケット屋はジャケットのみ、手袋屋、サイフ屋、干物屋、パスタのみ売っている専門店もある。店頭には一部しか置いていない。交渉して買物をする。デザインも豊富で、店の奥から多数もち出してくる。手袋、サイフも多種類ある。日本人はよく値札をみたりするが、品物に手を触れてはいけない。

オリーブはこの国では貴重である。最古の植物として(知られ)、ノアの箱舟にハトが持ち込んだ。食料にもなりクリーム、化粧品、それに燃料としてランプにオリーブを使う。*

コース料理、高級料理を食するにはリストランテ。これはイタリアで共通している。他にトラットリア、バールがある。トラットリアではハンバーガーや菓子パンを売っている。買い物をしてトイレを使用することは可。駅にトイレは無い。有っても使用しないように。バールでは食券を買う。ジェラッテリアではカウンターで立って食べるのはOKだが、椅子に腰かけると一〇パーセントのサービス料、チップが必要となる。グルメとショッピン

* 旧約聖書に出てくる物語。いかに日常生活必需品にまで聖書が関っているかがわかる。頭で考える教養以前に生活自体が聖書の影響を受けている。

グは今回の私の旅の目的ではないが、ガイドはこと細かに、現実的な注意も含めて説明する。記憶に残るように強調している風でもある。

映画「終着駅」の舞台にもなったローマのテルミニ駅の地下には、小さいながらも日用雑貨を売っているスーパーがあった。ガイド嬢はイタリアにスーパーは無いとバスの中で紹介していたが、伝統的なイタリアの専門店を強調するにはその方が解りがいい。話として聞き流す程度のものである。

ローマはおおらかでオープン、テーゲーの国の様に感じる。テルミニ駅のプラットホームを写した写真の上の方には列車の時刻表、写真の奥の方には列車が数本停車している（写真2）。乗客は改札口を通ることなく、直接目的の列車に乗り込むことができる。この写真を撮り終えた私も列車の方向に歩いて行ったが、誰にとがめられることもなく、列車に乗り込むことさえも可能だった。改札口、区切りがなければなんとなく不安な気にもかられるが、テルミニ駅では生活者も通行人も乗客も区別なく、普通に歩いていたのが（日本から来た）私には異常に映り、不思議に思えた。[*1]

写真２　ローマ、テルミニ駅、プラットホーム

ローマの夜の一人歩きは危ないとガイドブックにあるので、旅の最後の夜はオペラ・アリアとカンツォーネ付きディナーに参加することにした。このオプショナルツアーは日本で申し込んだのであるが、現地でも直接マイバスに申し込める。ディナー会場へは待ち合わせ場所からバスで移動し、帰りは各ホテルまで送ってくれる。会場入口で歓待され、案内された席は八名掛けの四角テーブルで、隣には英国駐在生活五年を終え、帰国を前にローマを一人旅している商社マンが座った。本人の弁によると妻は日本に居り、左手薬指には devil ring をはめてやっとこれまでやってこれたと快笑する。

　私はネクタイに助けられたのか、ピアノ奏者も見渡せるいい席を得たようだ。コース料理が運ばれ、ビールは別料金、ワインは free。ＣＤも出している歌姫、テノール歌手は五ユーロのチップを励みにリクエストに応えていく（写真３）。テーブルの八人組はそれぞれに競って歌曲をリクエストしながら、ＥＵ、イタリアの話題に花を咲かせる。ワインの美味し

写真３　オペラ・アリアとカンツォーネショー

さを知る。

酔うほどに話題は尽きなく、その一部を文章にしているが、検証して正確性を期するものではない。ゴールデンウィークの約一カ月半前にこの旅を決心し、イタリア語も知らぬのによく無事に旅したものと思う。ここちよい旅の疲れは少々残るものの、出発に際し心配された方には心よりお礼を申し上げたい。そしてお礼の印にこのみやげ話を綴っているつもりだが、それにしても一度書いてしまった文章は残り、誰でもどこでも寝ころがってでも読めるので、この点は文章化することの恐しさを知り、危惧するものである。下に記すこともすべてイタリアでの話しことばとして見聞きしたことを随筆にしたものである。

隣席の商社マンは五年間、crazy Japanese といわれ続けてきたが、私（商社マン氏）も消費税を決めきれないでいる Japan は crazy であると思うと話す。ＥＵでは臨機応変に課税率を変えていて、現にリーマンショックの時は生活に配慮して税率は引き下げられた。「必要ならば決めればいいことだ」と。[*2]

ホテルの付加価値税（日本での消費税）はフィレンツェで二〇一一年七月から、５つ星、４つ星、３つ星とホテルのランク別に異なって決められているという。

付加価値税は物品により、五パーセントから二〇パーセントの範囲でかけられ、食料品は安く、嗜好品は高くなるという。例えばパン菓子のパンのみの場合は五パーセント、チョコレート等を加えて嗜好品になると八パーセントに上がるといい、複雑である。

サービス料のチップも一律ではなく、五〇ユーロ以上の硬貨、紙幣を使ってその都度渡す。小銭は厳禁で、集めて三ユーロになったとしても、それは喜ばれないし、お客の不満の表現法でもあるという。日本人には習慣がないので繁雑で頭を悩ますことになる。日本のガイドブックにバチカン郵便局より絵葉書きを出せばいいことがある、切手代は八〇ユーロと載っていたので、実際に買って送ったのだが二倍の一六〇ユーロに値上がりしていた。

写真４　ローマ、真実の口の拡大写真
格子模様の陰影を受け見るからに怖い形相になる

金融危機に直面するイタリアで、象徴的なことば、ジョークがあることも耳にした。

「今年の給与は五〇パーセント、アップする」「昨年比ですか?」「いや来年比だ」。

いかにも南国的で、ユーモラスな、大らかな、朗らかなジョークであるが、「何??」「ん?」「!・!・!……」本当は恐い話なのである。（写真４）

あなたは、どう考えますか？

（『那覇医報』二〇一二年夏季号、六十八歳）

＊1　改札口のないテルミニ駅での列車の乗降は初めはとまどってしまうがなれるものであろう。日本のＪＲで乗降客の少ない田舎では改札口は無人であり、都会の自動無人改札口を通る人の流れの多さにはあらためて驚く。

＊2　国の生活習慣が違うことを実感できる旅であった。その積み重ねが習慣となり、歴史となる。税率の細かな頻繁な変更、国民の理解、実施等、日本では到底真似ができないことだろう。後日、米国、ハワイ州でも消費税はこと細かに州で決めることを知った。国土の違い、旅から直接学ぶことも多い。

続・ローマで考えたこと

尊敬する古波倉正照先生からお手紙をいただきました。先生のお許しを得てご紹介いたしますと「貴君の書いた『ローマで考えたこと』は大変興味深く楽しく読んだ。私は一九七〇年（昭和四十五年）、四十五年も前にミュンヘンの国際学会に出席後、一ヵ月間、イタリアを含むヨーロッパ諸国を旅行し、その後、二回目は一九八八年（昭和六十三年）……」と昔の思い出を呼び覚まされたようです。その他、幾つか書かれていて、それは大切に胸にしまっておきたいと思いますが、『那覇市医師会報』に「この度偶然にも隣合せで旅行記が掲載されたのは何かの縁を感じるので……」とのことでした。

小生も先生の「旅行記　オランダ・ベルギーの思い出（1）」を読み終え、特にその旅行の時期が一九九八年（平成十年）七月の七日間であったこと、そして九十二歳を超えてなお、執筆する心境でおられることは驚嘆に価するほどに感慨深いものがあり、今風に言えばSerendipityを感じているところです。さらに本会主催のチャリティー写真展の『十周年記念誌』にお寄せいただいた、大きな靴をはいた古波倉先生ご夫妻のオランダ・アルスメールでの写真は確か、写実、そしてそれ以上にほのぼのとした雰囲気がありました。

ミュンヘン空港で過ごした前号の続きを書き足します。空港前広場のビアガーデンにはのんびり煙草をくゆらす人々がいました＊（写真1）。勿論、灰皿があちらこちらに置いてあり、街ゆく人が、パイロットでさえも数人連れ立って、くわえ煙草で歩いている姿がみられました。日本で禁煙運動が盛んになり、那覇市医師会理事会でも今世紀始め頃話題になって、路上禁煙が一部実現しておりますが、この地はそうでもありませんでした。

繁華街でさっそうとカッコよく歩く女性は多い。しかし、ここドイツには今でも第二次大戦時のナチズムを描いた映画、「戦場のピアニスト」や、「シンドラーのリスト」に出てきそうなやせ細った虚ろな目の男や、昼間、階段横で飲んだくれている浮浪者等、カメラを向けるには気がひけるような人達もみられました（後でまた書きます）。

ローマは水の都。古代より浴場が好まれ遺跡も数多く残

写真1 ミュンヘン空港前広場のビアガーデン

＊　ドイツの禁煙運動を帰沖後、専門家に尋ねてみた。一説によれば政治的問題がからみ、ヨーロッパの中でも特異であるという。健康への悪影響以外の要素があるという。

写真２　蛇口の栓のない水道
（チルコ・マッシモ）

写真３　警護、勤務中のポリス

写真４　質素な入口（フィレンツェ、サン・ロレンツォ教会）

っている。フォロ・ロマーノもバチカン市国も昔は低湿地帯で、今でも有名な噴水があちこちに残っている。写真2は、チルコ・マッシモの公園の近くの路傍にあった水道だが、蛇口に水道栓がなく、二十四時間水は流れっ放しということからも水の豊富さが解る。

おおらかでのんびりしたイタリアの国民性はよく知られているが、写真3は議会棟警備中、勤務中の警護のポリスである。日本とはだいぶ異なる光景で、観光地に配慮していると善意に解釈し、歩きながら写した。

建物の入口が意外にもシンプルな出来であるのにはとまどいさえも感じた。写真4はフィレンツェの有名な教会の入口で（出口ではない）、人の出入りも見える。中に入ると入口であることが判り、四階建ての高さまでの豪華にきらびやかな装飾、まぶしいくらいの明るさの照明で、外の雰囲気とは全く別世界の様子を呈している。*1 このような建物の入口の造りはローマでも、ヴェネツィアでも基本的には同様である（と感じた）。スペイン広場へ向かうメインストリート、コンドッティ通りは、グッチ、ブルガリ、フェラガモ等世界に名だたる高級店が並んでいるが、出入口は狭く質素で目だたない。

帰国してよくよく考えていると、それは第一に防犯対策のためであろうことが解った。

古波倉先生のお手紙は、先生が稲福全三先生、故喜屋武朝章先生と共に三人で精力的に学会旅行に参加されていた頃、昭和の古き佳き時代に、仙台市で行われた第八十五回日本内科学会総会で会席に呼ばれた時の事も思い出させてくれました（偶然にもその時のチラシが手元に残っていました）。「三人、ヤジキタ道中だよ」と言いながら互いに酒をくみかわす作法に、圧倒された記憶があります。中途半端ではいけないなとも思いました。私が那覇市医師会の編集広報の係をしていた頃のことも思い出しました。畏友から、変な文を書いているると半分、カラカワレていましたが、その時は若さの突進力で意に介さず、自分のスタイルで文章を書いていました。そのスタンスは、①限られたスペースに、②最大限の情報量（内容）を盛り込み、③わかり易く書く。そしていささかのユーモアを込めて、読者に感動を与えられたらなおよいことだ、などと考えながら、文体、章句などは二の次にしてマス目を埋めることに腐心していました。目くじらを立てることもありませんが、例えば十行にも及ぶ内容のものを四つも五つも盛り込もうとすれば、一内容は一行以内に短縮。或いは四字熟語ですませて、つなげる「てにをは」は不充分と思いながら推稿しているうちに締切日となる。そのような日々の連続で、書いた後の文章はいつも気がかりで、気に入らず、素稿の前の段階のメモ原稿は山ほどに積み重なっていました。

前回の、（私が書いた）ミュンヘン空港での出来事のこと、そこで書きたかったのは、ここは外国なんだ、異国なんだと強烈に思い知らされたことです。長旅のＡＮＡの機中では九割方が日本人乗客で、ＣＡも日本人、添乗員も日本人で快適な空旅をし、ミュンヘンに着き、空港外へ出歩いて外国人に出会ったとしても沖縄では外人に出会うことはよくあることですし、そこでハンバーガーをねだる孫のような男の児に出会ったとしても、買ってあげようかと（も）脳裏をかすめたほど余裕があり楽しんでいましたが、サッと母親が出てきて瞬時に子どもをつれ去って行ったとたん、私は「あっ、ここは外国なんだ、そして私はここでは外国人なんだ」と気づき、そし名状し難い罪悪感にさえさいなまれ、そのsituationで湧き上がってくる強い個の自覚、それまで意識だにしなかった日本国内での数々の保護がここでは個人そのものに限って実現している（パスポートを所持している日本人）という強烈な自覚、自己意識などがあり、それを書きたいと思っていましたが、限られた紙面で全てを表現できるわけがありません。そこで、一般的な女性の母性本能を書いて何となく、読者の理解を得た（ような）形で文章をまとめることができて、次の話題に無事、転換できたということがあります。

　前回の原稿に書きたかったことで紙幅の制限で削った部分を、上に補足させて頂きました。あいつができるなら俺でもできる。その積み重ねがあって世の中は進歩、あるいは変わっていくと考えますが、私も私の立場で、私の年代をこれから生き抜くことになるかと思います。

道具（コンピュータやワード）がそろって便利に、スピーディーに書け、大量生産も可能になった時代でもありますが、「……いつの時代も原稿集めには苦労しておられる……これからもお互い頑張って原稿を書きましょう」との古波倉先生のお言葉に後押しされてこの原稿を締切り間際に書きました。

（『那覇医報』二〇一二年秋季号、六十八歳）

＊1　扉は自由に開閉するので中に入ってみた。突然、高層の空間に目を射るようなきらびやかなシャンデリアの光の輝きに、期せずして身がたじろぐほどであった。扉の内と外との落差に驚嘆する。慣れるには時間がかかるだろうので、退散した。

イタリアで考えたこと（一）

あこがれのイタリア旅行が二〇一二年五月に実現した。成田空港発のＡＮＡ機でミュンヘン空港へ直行し、そこからヴェネツィア、フィレンツェを経由してローマへ向け高速バスで移動した。ガイドが時間をみつけては懇切に説明するイタリアの話に耳を傾けながら、私の旅は続いた。

イタリアは国家が共和制で、単一民族ではない。ミラノは商業の街、産業革命後に栄えて、スマートである。南はのんびり、中心部はどっちつかず、我が道を行く。ギリシャ、ムーア、イスラム、オーストリア、スロベニア人が混ざっている。

大陸的、のんびりしていて、イタリア商人がいる。ナポリはゴテゴテ、陽気で感性豊かな明るい元気なイタリア人という風。フィレンツェはゆったり、のんびりしている。ローマは都会人的、急いでいる。しきたりやルールがあり、北のミラノといつも争っている。口には出さないが、ローマには三千年の歴史の自負があり、フィレンツェに対し、たかが産業革命以後ではないかという思いがある。イタリアには日本の様な標準や平均的なものはない。イタリア人は要領がよい。フランス人は冷たい感じで、スペイン人は歩き方が面白い。

イタリア人が要領いいのは子供の頃からの躾がある。問題をトコトン議論する。相手の話には言い返す。反論してもやり返す。絶対負けないでやり返してくる。根気のいることも馴れていて、そして世界にとび出すイタリア商人ができあがる（そして映画「ゴッドファーザー」のマフィアの世界が現実のものとなるのであろうか）。東洋でいえば中国の華僑で、世界中に中国人街を造っている。イタリアが今、一番対抗心をもっているのはスペインのバルセロナ。経済的にも華やかに火花をちらしている。

女の児にはかわいそうなほどシツケが厳しい。思春期になる前から自己責任を鍛えられる。日本人からみれば親に甘えたい年頃でしょうに、一人部屋を与えられ、自分で判断するよう教育される。かくして悪い男にだまされないように強い女ができあがる。結婚して、半年も別居生活になると離婚する。それは女性が言いだし、日本の単身赴任はここでは理解できないし通用しない。

イタリア人は vacation を楽しむのがうまい。週末の休日もしっかり楽しむ。月曜日は週末の疲れがたまり、仕事にならず、火曜、水曜日に仕事をする。木曜日にはもう次の週末をどう過ごすかを考え、仕事が手につかない。これはイタリアでビジネスをする時に、

写真１　ローマ、テルミニ駅。宿泊ホテルの近くから撮る。

写真２　バチカン市国、サンピエトロ大聖堂前広場にて。

写真３　観光スポットより真近かに見るコロッセオ。写真左側にはコンスタンティヌス帝凱旋門、フォロ・ロマーノがある。

心得ておかねばならない。ガイドの仕事も彼らのこのような習性を考えながらしている。それでも例外的にスケジュールをあわせてもらうことはある。

天候に恵まれ、トラブルもなく順調にローマに着いた（写真1）。バチカン市国、サンピエトロ大聖堂前の広場に案内され（写真2）、現地の名ガイドの案内を聞きながらゆったり時間をとって観光した。

それから大型バスでテヴェレ川に架かる橋を渡り、フォーリ・インペリアーリ通りからフォロ・ローマーノを観ながら、効率的な切符の買い方等をガイドは話していたが、何故見下ろせる位置に道路が走っているのかなどと思いながら聞いていた[*1]。コロッセオの観光スポットで下車すると、圧倒的な存在感で迫ってくる（写真3）。さらに近づいて見たくなる程だが、撮影スポットへさえも単独行動を許されない急ぎの団体行動。そのためガイドに勧められた『DVD video 付き　重ねて見るローマ。昨日と今日』『ローマ　過去と現在』の二冊を買って後で見ることにし、コンスタンティヌス帝の凱旋門を右手に見ながらバスに乗り込んだ。

写真４　イタリア議会下院。国旗が掲げられている。
警備員は１人、門前に立つ。

小休憩の後に、大統領官邸として使用されているクイリナーレ宮殿、トレヴィの泉に行きイタリア議会下院の建物（写真4）を横切った。警備の守衛は一人、近くには警官もいたが日本では考えられないほどのオープンな雰囲気である。

トレヴィの泉、スペイン広場観光と楽しい旅は続き、午後は自由行動となる。私は一人、システィーナ礼拝堂、ラファエロの間のあるバチカン博物館に行き（写真5）、そして、映画「ローマの休日」で有名な「真実の口」のあるサンタ・マリア・イン・コスメディン教会、その裏手にあるチルコ・マッシモを訪ねた。そこは名優チャールトン・ヘストン、ユル・ブリンナーが熾烈な戦車競争を演じた映画「ベン・ハー」の舞台であったが、今ではその面影は全くなく、芝生で埋めつくされた市民の憩いの場となっていた。

帰国後、旅の余韻が残っているなか、コロッセオ前の売店で買い求めた『DVD video 付き　重ねて見るローマ。昨日と今日』を読み進めていると、大変大きなショックを受ける事になる。

（『沖縄医報』二〇一三年二月号、六十八歳）

写真5　バチカン博物館（MUSEI VATICANI）入口。
意外に小さな、質素な入口が印象的。

＊1　何世紀にも渡って形成された古代ローマの遺跡、その横を直線的な道路が敷かれ、見下すように走っていることは全く不自然である。古代は盆地であったことからも埋め立てたのであろうが、フォロ・ロマーノに近接して観光バスを走らせるとはいかにも効率的、人工的、イタリア的とも思った。

イタリアで考えたこと（二）

帰国後、コロッセオ前で購入した『重ねて見るローマ　昨日と今日』（参考1）を観た。このガイドブックは現存する遺跡にありし日の建造物を重ねてみせる仕掛けになっている。その残酷さは猛獣、剣闘士の記述を含み、さらにはシーザーの暗殺された墓地の上に記念碑を建て、崇め称えるという、その風習、伝統は（日本には無い思考法で）[*1]、イタリア人の訳した邦文が伝える耐え難いほどの生々しさも相まって、苦痛さえ感じながら読み進めた。

そして「…遺跡と化したのは…人間の破壊行為の結果であって…」という文言に接したその時、これまで理解し難く、疑問に思っていたこと（参考2）が、突然氷解し、解決したような清々しい強い衝撃を受けた。日本の観光案内ガイドにも「帝国の衰退とともに荒廃し……」等と紹介されているが、この書籍に記述されている「破壊行為」は明らかに誇りをもって書かれたものと判る。そして改めて旅を追想し、現地で購入した航空観光写真（絵葉書）等を見直してみても、コロッセオ、フォロ・ロマーノは徹底的に人工的に破壊し尽くされた残骸であることが解ったのである（写真1）。

荒野に人類が初めて出現したその日から、弱肉強食、過酷な生存競争があり、定住しかけた一万五千年前からは家族、同族のきずなが強まり、異なる種族は収穫物を収奪され、生存をおびやかされる存在となり、敵対せざるを得ず、ここに民族的、genetic な、本能的（根源的＝ＤＮＡ的）な生きかた、行為があって、彼らにはそのような生き方しか選択の余地はなかったのであろうと、冷静に客観的に、肯定的に納得するまでには時間を要した。

中世の混乱期を経て後に、十四世紀からヴァチカンに教皇が常駐するようになる（遷都）と、再びローマが政治、経済の中心となる。十六世紀には王政復古、ルネッサンスの影響を受けて大聖堂にミケランジエロやラファエロなど多くの芸術家たちが絵画や彫刻を創作し、宗教改革の試練を乗り越え、ローマはカトリック文化と芸術の都へと変貌していく。その間、フォロ・ロマーノの破壊と略奪は十八世紀まで続いた（参考1）と記述されている。

写真1　チルコ・マッシモ（16万人収容の戦車競技場跡地）より遠望されるフォロ・ロマーノの遺跡。写真左側は青々とした芝生で埋めつくされた公園になっており、「真実の口」で有名なコスメディン教会がある。

往きの機内では友人に勧められた映画「マーガレット・サッチャー鉄の女の涙」と、スピルバーグ監督作品「War horse 戦火の馬」を見て、長旅も苦にならなかった。「サッチャー」は、夫の死後、何年も経ってから、老いが忍び寄る中で〝…ビデオを巻きもどしても人生は変わらない〟と言いつつの回想録である。何かしようとするのが政治家。党首にはなれないと思いつつも立候補して、一九七九年、英国保守党党首に選ばれる。何をどう考えどう行動するか。「英国は歴史に学ぶ」(参考3)。そしてエピソード風に歴史が描かれ、アカデミー賞受賞作品となる。

テロ。アイルランド紛争。民営化。ソビエトを解放。暴動。デモ。対峙。そして、アルゼンチン南端に位置するフォークランド戦争。軍艦一〇〇隻を派遣。若者の死を無駄にせず、フォークランドのためにと戦争を遂行し、戦勝。「英国人であることに誇りを持つ」と演説。一九八九年、ベルリンの壁崩壊。ヨーロッパ連合、ＥＵ統合が実現するが英国は誇り高く加盟せず、党内議論を経て、サッチャーは党首を去ることを余儀無くされる。

世界の real なニュース、映像が瞬時に駆け巡る global な時代になっている。イタリア旅行中、滞在したホテルのＴＶで日本の東日本大震災、TSUNAMI や原子力事故の映像が流れた(TVAsahi 系映像)。オプショナルツアーで知り合った英国在住五年に及ぶ日本人商社マンは、「ＥＵから見ればJapan は、次の世界のリーダーとして羨望され、№1の国として期待されている。大震災の映像で、現地のTSUNAMI のほか、東京の大混乱の一夜、略奪のない秩序だった市民の行動に驚嘆し、くり返し何度も放映されて（昨年、震災時）、日本への評価を最高に高めた」。「しかし、福島の原子力事故のニュースが流れた瞬間に深い落胆と諦めに変わり、それまで期待していただけ、ＥＵでは落胆がひどいし大きい」と語っていた。

前号に書いた都市間を移動中の高速バスの中で、ヨーロッパの民族の違いによる国民性の話を面白く聞いていたが、この旅も終わりに近づき女性ツアーコンダクターは解説した。「ローマ、イタリアを含むヨーロッパの歴史の中で〝Noblesse oblige 持てる者は持たざる者へ分け与える風習〟があって国家が成り立っている。こういう伝統があるために建築物が何世紀にもわたって改修が可能であった。また、幅広く献金する風習があり、ここでは来世が本当にあると思い込んでいる人達にもよく出会う。そういう風に肯定し、解釈しなければこの国は到底理解できない。…」

日本人現地案内人、中年男子のムラカミさんは、ローマを愛し、日本人によく識ってもらおうと、時に質問しながらガイドする。「五月雨を集めて早しテヴェレ川」、「ヴァチカンを最初に訪れた日本人は?」、考えていると、「…それは信長が送った長崎からの四人の少年使節団」。十四、五歳で異郷で生活。帰国に際して皇妃を感激させた会話のエピソード。日本に帰った後の人生、処刑された者、長命を全うした者、それぞれの人生を物語ってみせる。*2

ヴァチカン博物館には地図のギャラリーの廊下があった（写真2）。地球が丸くなかった時代の世界地図。ローマより東方に大陸が続き、その東の果ての海上に浮かぶホウライの邦、縄文時代、弥生時代の歴史はあるものの、黄金の建物が建ち、ワビ、サビ、もののふ、ツワモノ、神風の吹く不思議な邦の島、ニッポン。昔人もまた、現在もなお日本に憧れ、好意や親近感を持つ者達がおり、私にとっても日本が遥かに遠く、頭の中に、儚い夢のように観念にのみ存在して、日常些事を忘れさせるノスタルジックな感動多い、忘れ難い旅となった。

（本稿は二〇一二年十月一日に投稿した原稿を二分割して再投稿したものです。その間、中東ではイスラエルとパレスチナは互いに相

写真2　ヴァチカン博物館。地図のギャラリー。廊下の両側に中世の地図が展覧されている。

手国に砲弾を撃ち込み死者を出しました。また、ＥＵはノーベル平和賞を授与されましたが、私のイタリア旅行の体験はそのことを深く理解するのに大変役立っています。二〇一二年十二月十日記）

参考１

ローマ　昨日と今日　重ねて見る　Giuseppe Gangi〈邦文和訳抄・下線、（　）は筆者が挿入した〉

ＳＰＱＲ、ローマ市の紋章。この略号を用いて、二十五世紀も前から、ローマの元老院と市民は、彼等の意志、実行力、そして法規社会の精神のしるしを、彼等の軍隊が到達し得たあらゆる場所に残してきたのである。彼等はいかに偉大な民主制が、寛大な…、…世界中の人たちに教えたのである。ローマの遺跡（は）…、…ローマそのものを理解することを意味している。

「…この本には、あまり時間のない観光客の方々に…手っ取り早くしかも正確に理解していただくために作られた…。」

ローマの歴史概略

ローマの…、パラティーノの丘は、定住のための理想的条件が整っていたため、早くから幾つもの家族が住みつき…

伝説によるとローマは前七五三年に初代の王ロモルスによって建国され、…しかしこの王政は七代目に…突然終わりを告げた。

共和制は前五〇九年に始まり、…大規模な公共建築物が…

前三七八年には、七つの丘…の城壁が…建設された。その後、激しい戦いに勝利をおさめ、ローマはほぼイタリア半島全土を支配するようになった。…

前二六四年、ローマは、当時の地中海の支配者、強国カルタゴと運命を賭する戦いを開始し、…遂に、滅ぼしたのである。

フォロ・ロマーノ
丘に囲まれたこの谷間は、名高いクロアカ・マッシモ（大下水道）の建設によって干拓されてはじめて政治、宗教、司法及び行政の中心フォーロ（広場）となった。遺跡と化したのは、ローマ帝国崩壊後の人間の破壊行為の結果であって、時間の経過に伴って自然に壊れたものではない。

…そして紀元前からジュリアス・シーザー（前一〇一～前四四年）の輝かしいローマ共和国の時代（テーベレ川の流れをヴァチカンの丘の方向に変える新都市計画、シーザーの急死によって実現しない）を終え、アウグストス帝（前二三～後一四年）時代の帝政時代に革新が進められ、シーザーに捧げた神殿を建て、その上新しいフォーローロを造り、復讐のマルスの神殿をその中心においた。又自分の霊廟、平和の祭壇を造り、熱中した壮大な建築物で街を展開し、〝レンガの町を受け取り、大理石のローマを残す〟と遺言した。

後二四年、ネロ皇帝の治世に、大火が発生した。その後革新的再建都市計画が発布され、再建は次の皇帝一族によって（遂げられた）。

コロッセオ（フラヴィス円形競技場）

ヴェスパシアヌス（在位六九～七九年）とティトス（在位七九～八一年）によって造られた。

コロッセオでは、いくつものタイプの催しがあった。猛獣狩りは大衆的で、ローマ人のお気に入りでもあった。…ライオン、トラ、豹等が出場し、時が過ぎる毎にワニ、カバ、エジプトのサイ等を出場させた。皇帝たちによって（養成所）飼育係りができ、野獣達は攻撃性を煽る為に、断食、暗闇の中に置かれた。

剣闘士の戦い

見世物は元来エトルリア人からもたらされた。事実、彼らには名家の男達の墓に殺した捕虜等の血をかけて死者の怒り、嫉妬、憤慨の心をなだめる習慣があった。これが娯楽としての剣闘士競技へ発展し、群衆の支持を得るための政争に影響を及ぼす事すらあった。

剣闘士は、犯罪者、死刑囚、奴隷、一攫千金の幻想を抱いた市民、没落貴族の若者等で構成された。決闘は音楽で始まった。人々は大興奮し、一人の剣闘士の死で終わる。もう一つは負傷してエディトール(主催者)のMissioを得ることもあったが、指導者たちは殺しを扇動し、「命乞いせず 笑って死んでいけ」という黄金の規則で剣闘士は教育された。

チルコ マッシモ

かつては主に二頭立てと四頭立て二輪車、四輪車の競技に使われた。前三二九年に創建され、後五四九年に最後の競技が行われた。

帝政末期

ディオクレツィアヌス(在位二八四～三〇五年)とコンスタンティヌス(在位三〇六～三三七年)の二人の歴史的人物としての皇帝の出現を誇る。今日コロッセオの前に見る凱旋門は、「市の守護者」としてのコンスタンティヌスに元老院がその業績をたたえて捧げたもの。

幾世紀に渡るコロッセオの変遷

一三四九年、二回目の大地震。ニコラウス五世の治世下の一四五一～五二年に、内部と南部の外円を崩して新しいサンピエトロ寺院造設。北側の部分は舞台の軸として残した。ローマを完全に変貌させるほどの多くの建物が、フォロ・ロマーノの破壊と資材の略奪により建てられた。

ベネディクトウス十四世(在位一七四〇～五八年)

何世紀にも渡った略奪は十八世紀に終止符を打った。

参考2

戦禍が絶えることのない中東情勢。二〇〇一・九・一一事件とその後のビンラディン殺害に至るまでの歴史の事実。死刑制度廃止をEU全加盟国が決めていること。医学部の後輩が民族学研究者となり東欧の現地に赴き研究をした結果、「旧ソ連が崩壊した直後に民族の独立運動が各地におこり、無政府状態の中で仇討ちのような現象が各地で起こった」という話を聞いたこと。「日本では、割腹自殺を遂げた三島由紀夫の純国粋主義的思想がある」との研究者の説。洋画のアクションシーンにみる残酷なまでのリアリティさ。…等々が腑に落ちるような形で理解できた。

参考3

国家の軍事力を肯定した論拠は根強く西欧諸国にある。ドイツの名宰相ヴィスマルクは「賢者は歴史に学び、愚者は経験に学ぶ」という名言を残したが、ここでいう歴史とは軍事指揮権を発動して実行することを指すと言われている。軍事力の極限、ナチズムのジェノサイドの反省から 政治的対立を国家、民族間で解消する目的でEU圏が合意されたという説は説得力があり、評価されている。

（『沖縄医報』二〇一三年三月号、六十八歳）

＊1　現在も欧米や肉食系社会に、その思考法が如実に存在している。ビンラディンが二〇一一年五月二日に殺害され、遺体を処理する方法について、「埋葬すると、その地を聖地と崇める（輩の出現する）畏れがあるから、場所を特定されないように海中に沈めた」という報道があった。

＊2　四人の日本人少年がローマを去る時、皇妃からおみやげに何でもあげると言われ、その返事は、「皇妃の肖像画がほしい」と答えたという。遠い異国の地で未成年の少年たちとの満ちたりた生活が彷彿とうかがわれ、皇妃はいとおしく別れを惜しみ抱きしめたにちがいない（ハグ）。

一六八二年に日本を出発し八年後に帰還する四人の天正遣欧使節の人生はドラマ的である。伊東マンショは病死、原マルチノはマカオで客死、中浦ジュリアンは長崎で拷問に耐えながら殉死。千々石ミゲルは棄教し、不遇な晩年を送ったという。（若桑みどり『クアトロ・ラガッツィ』集英社文庫）

フィレンツェで考え　そのごのご（一）

拙稿は昨年（二〇一二年）五月連休、イタリア旅行の際の一部をつづったものです。

五月三日午前、ヴェネツィアよりフィレンツェへむかう高速道《ハイウエイ》をバスの中でガイドの話を聞きながら快適に過ごす。「コロンブスはイタリア人、ピノキオ童話はフィレンツェ産まれ―は意外と知られていない。フィレンツェは京都と姉妹都市を結び交流が盛んで……」。

市街地を横目に小路に入って、アルノ川南側の小高い丘にあるミケランジェロ広場に着いた。そこから望見される街は、比叡山よりはじめてみた京都の街並を想いださせた。

団体で昼食にフィレンツェ風ステーキをごちそうになり観光に出かける。ジョットの鐘楼が脇に立ち、「天国の扉」で有名なサン・ジョヴァンニ洗礼堂に向かい合ってドゥオーモ（サンタ・マリア・デル・フィオーレ大聖堂）が堂々と建っている。その入口には当日券を求める人達で長い列ができていた。予約済みの団体客は別の通路よりスムーズに入場し、経験豊かな案内人が感動を与える話術でリードする。

ヴェッキオ宮の広大な五〇〇人広間では、「皆さんは今、中世の政庁舎に居るのです。

議員しか入れなかったこの場所で、当時の光景を想像してみて下さい」。ウフィッツィ美術館では必見のボッティチェリ、ジョット、ダ・ヴィンチ、ミケランジェロ、ティッツィアーノの作品の前で手際よく説明する。撮影禁止の館中であり、（製本化された画集に優る写真は撮れない。帰国後、いつか存分に堪能しよう）と考えながらガイドに従っていく。そして館内唯一の撮影許可所へ誘導されると、そこから窓の外は撮影ＯＫ（写真1）。詩人ダンテが月をみて感動したというヴェッキオ橋とアルノ川があった。

旅は人生に似るという。

詩人ダンテの生家があるというのでたどり着いてみたら今ではカフェが建ち、チャッキリス風の若者四、五人がたむろして珍しそうに旅人《ガイジン》をみた。道の向かい側にはたまたまピノキオグッズ店があり、ここではのんびり退屈そうに店番をしている若者がいた（写真2）。サンタ・クローチェ教会前の広場（写真3）は古代サッカーが行われ、発祥の地を誇っているが、ここが団体旅行の解散場所となり、教会内の墓所は翌日訪れることにした。

ミケランジェロ制作のダヴィデ像のオリジナルはアカデミ

写真1　ウフィッツィ美術館より眺めるアルノ川と橋

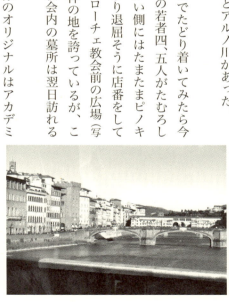

写真２　ピノキオグッズ店

写真３　サンタ・クローチェ教会前広場

写真４　シニョーリア広場のダヴィデ像（レプリカ）

ア美術館にあり、常々その魅力を感じ、疑問（バランス、手背等）ももっていたので、自由時間を調整して、早朝訪れることにした。たどりついた美術館の最奥端の巨大な円形ドームの下には台座を含めて六メートルを超える大理石に彫られたダヴィデ像が建ち、照明効果や空間のバランスも絶妙で、近づくと絶好のビューポイントがあり一人の老婦人が腰掛けて見ていたのだがそのうち立ち去った。私は幸運にもその場所からダヴィデ像を見ることができ、しばしの間、夢の世界へ誘いこまれるような、一日中でもそこに居れるような至福の時間を過ごすことができた（わかるでしょう。シニョーリア広場にあるレプリカ（写真４）とは全く異なります[*1]）。

たまたま早朝に来訪し至福の場所にありついたが、旅の途中であり、また出かけねばならない。これもまた人生によく似ているとつくづく思った。

シニョーリア広場はかつては政治活動の、現在は市民の憩いの場として親しまれていて、天井のある彫刻廊ロッジア・ディ・ランツィには「ヘラクレスとカークス」「ネプチューンの噴水」「サビーネの女たちの略奪」の彫刻が建ち並んで

写真５　シニョーリア広場、彫刻廊ロッジア・ディ・ランツィにある獅子像

いる。フィレンツェの象徴ドナテルロの獅子像（写真5）はいかめしくみえるが、見る角度により表情豊かに変化し、ときにはユーモラスにさえ見える。沖縄のシーサーもふと思い出させて、そのルーツは？　どこ？　何？　今さらながら興味を湧きたたせる。

三日夜、十九時三十分、ローマ街道を北上して夕食と夜景を楽しむオプショナルツアーに参加するため、出かけることになった。案内されたトラットリアＯＭＥＲＯで、少し硬めのビステッカを地元のバージンオイルをかけて食した。少々濃いめの緑の香ばしいかおりが口内にじわーっとひろがり、ワインを飲む。そしてあの、地中海性気候の天空が待つミケランジェロ広場の丘へと、向かった。（つづく）

（『沖縄医報』二〇一三年十一月号、六十九歳）

＊1　いつも写真で見るダビデ像は立体感が無くきれいであるが身体のバランスはよくないと思っている。顔や腕、手、胸部、腹筋、大腿部の筋肉を力強く強調して造り上げているようにも解釈している。

アカデミア美術館の念願のダビデ像を見て感動したが、そのバランスのよくないところはそのままである。

ベストアングルから少しずれると、その感動を与える彫刻から外れてしまい、後ろに回るとそのアンバランスさだけが強調されてしまい、却ってそれが人間臭ささえ感じさせ、彫刻の素材のもつ冷たさを消し、そしてまたベストアングルに戻って観てみると、脳内の芸術的な興奮をさらに高めてくる……。

当時の古代の人たちは、農耕や手作業が多かったため手は大きかったのだろうか、もし手を少々小さくするとダビデ像はどんなものになるのだろうか、等考えてしまう。

そういう風に疑問はいつまでも続き……、それが芸術というもの、永遠に続いていくものかもしれない。

して、「星の王子さま」、「鉄腕アトム」、宮沢賢二の「銀河鉄道の夜」の世界がみえてくる。しんわはひとにかんめいをあたえている。ますますしんわにはいっていきたい。いけない。

人生をいきなくては。人生にかしがある。

サンタ・クローチェ教会の広場は前日、団体旅行の解散場所となった所だが足をのばし、内部から写真を撮った。両側壁面を背にして墓所やモニュメント、肖像画があり、礼拝堂の造りは奥にみえる。

サンタ・クローチェ教会内のミケランジェロ、ガリレオ、ロッシーニ、マキャベリの墓、ダンテのモニュメント等、イタリア人偉人の眠る墓所をみていると、日本のお寺参りと似ていると思ったが、とりわけガリレオの墓所前に献灯（蠟燭《ローソク》）が多かった。

メメントモリ（らてんご)。キリスト教社会は死後の復活を渇望して天国への道をリアルに、ディープに信じる。死を畏《オソ》れない。

旅を終え歩かぬ日々の続いた後、両足底部の拇指のつけ根から薬指にかけて水泡ができた。歩き続ければ足まめになったであろうが、痛みで歩くのもやっとであった。而《シカ》して思ふ。

あるこう。あるこう。まえへすすもう。

☆☆☆☆

免疫学基礎研究者が２千年以上も前に書かれた「黄帝内経」の中の衛気と営気は、現代免疫学の「自然免疫」と「獲得免疫」に該当するという。解明可能な分析技術を豊富にもっている現代人の新たな研究課題ともいう。解決されれば昔人、神話の時代の先人の正当な評価が可能となる。神話の世界の時代でキリストが生まれ、古典復興、ルネッサンス、コロンブスは 1492 年大陸を発見、自然科学の芽ばえ、そして今世紀に入って科学の世紀を謳歌している。インターネット、ＥＢＭ、ゲノム研究、遺伝子診断、ロボット手術ダヴィンチ、ｉｐｓ細胞、ビッグデータとオピニオンリーダー、ｉＰａｄ、そして「紙の書籍を自炊する」ことも可能な時代になってきた。わかりやすく簡明にその解説をしてくれる。

現代の神話を聞いている。あくなくしんわをきける事はさいわいなことである。

（『沖縄医報』2013 年 12 月号、69 歳）（写真、参考文献は 210 ～ 219 ページへ）

フィレンツェで考え そのごのご（二）

小説『日蝕』は学士論文を書き終えたばかりの巴黎《パリ》大学の神学徒が、1482 年初夏、書状をたずさえルネッサンスの嵐が吹きすさぶ中世仏稜《フィレンツェ》の街へと亜力伯《アルプス》を越えて孤《ヒト》り徒《カチ》にて旅立つことから始る。天使のような無垢の少年ジャン、異端の聖ドミニコ派僧侶、人里離れた洞窟で求道者の雰囲気漂《タダヨ》う老錬金術師ピエェルの業、賢者《ケンジャ》の石、クライマックスの日蝕の日に登場する両性具有者《アンドロギュノス》、異端審問、魔女狩り、焚刑《フンケイ》の処《ショ》、難解な文体を読み終えた感動は、主人公が研究室に戻って蒼《ソラ》空を見上げ回想する場面の描写にも共鳴して、私の旅の契機《キッカケ》の一つにもなり、本誌表紙写真の高揚した説明文ともなった。

ガリレオの業績の新発見が今世紀に入ってもなされている。古代の占星術はガリレオの科学的発見により神話の領域へと追いやられてしまっているが、我々は己《おのれ》の脳で理解しうることしか理解できない。ニュートンの科学的思考は“引力は重力に比例し距離の二乗に反比例して減弱する”と表現されなければ万有引力の法則の発見の説明とはならないという。「リンゴが木から落ちる」比喩は文学的、あまりにも文科系的に過ぎた表現であって、科学の専門家にとっては理解し難いことであり、これは“現代の神話”に等しく、伝説にも等しいという。

☆☆

科学技術が進み興味ある専門分野の情報が豊富にわかり易く、至極たやすく手に入る様《よう》になってきた。私は今の時代に在って宇宙の始まり、生命の誕生から宇宙の死に至るまでを識ることができる。伝えられるところによると地球からみる宇宙の渚には毎日 3 万トン、小さいもので径 0.4㎝のすい星（流れ星）が辿り着き、これは 0.01㎣の粉末が地球の 1 ㎡の表面に毎日 1 個の割でシャワーのように降り注いでいる計算となり、さらにすい星には生命に欠かせない（原始地球にはなかった）必須アミノ酸グリシンが含まれているという（小惑星「イトカワ」から日本初の宇宙探索衛星ハヤブサが持ち帰った微粒子 1,500 個の分析から初めて解った）。

大昔、数千年～数万年来、昔人が暗黒の闇夜で天空を仰ぎ見、そして満天の星と流星群に感動し、星に夢を託して祈った行動は、昔人が脳内で直感的に感じた真実（真理）であって、私達人類や生命の起源が宇宙のかなたよりもたらされたとするこの現代の専門家群の実証は、所詮《しょせん》、昔人と現代人との認識は（が）本質的には変わりのないことを示していることで、その事実を知ることは感無量なコト極マリナイ。

☆☆☆

1940 年製作、ピノキオ童話のアニメ映画のその主題歌は「星にねがいを」。斯《カク》

「フィレンツェで考えそのごのご（二）」の執筆について、および全面書き直しについて

近代文明が発祥し、近代科学が画期的に発展したルネッサンスの地、フィレンツェを訪れてみたいと若い頃からあこがれ、一部を書き続けてきた。フィレンツェの後半部分について、次のように書き始めていった。

『フィレンツェはミケランジェロの丘から案内された。この丘は街全体が見渡せ、巨大なダヴィデ像が建つ小高い広場になっていて、野外コンサートも催せる設備をもつ。ガイドに誘導されて、バスを降り丘のはずれに来てみると、彼方にドゥオーモを中心にした、フィレンツェの街が見える。見渡せば四方を山々に囲まれた静寂の中に、中世の時空を超えた赤レンガ色の目立つ端正な建築物がひしめきあって雑居し、双眼鏡でのぞけば、写真で見るフィレンツェの街並みがパノラマ式に見える。いつの日か京都へ旅した頃、比叡山の山頂から京都市街を見降ろした記憶と相似ていた。３６０度見渡せる高みに立つと、はるかかなたの山々の連なりとその上にある天空が大きく

気持ちを寛げる。

フィレンツェ郊外より下って、街並みに入り、観光のため……』

旅行より一年以上も経過していたため、力が入り、長文になりそうなことに気づいたので工夫が必要と思った。頭に浮かんだのは平野啓一郎の『日蝕』だった。『日蝕』の擬古的な文体は難解で読み進めるのに時間はかかるものの、漢字を多用しているぶん制限字数のあるエッセイには適していると考えた。それで冒頭から『日蝕』の、その内容も含めた紹介を試みていたが、意にそぐわない。本邦の文学的表現形式に伝統的な和歌や短歌、俳句や川柳などがあることに思い至り、かつ、また、「一行で感動を与えられる小説があれば、それもいい」と書いた支離滅裂な文体の第一四六回芥川賞受賞作品、『道化師の蝶』(円城塔作)の実験的作品の主張も念頭にあった。

そんな折、「ａｂさんご」の黒田夏子が七十五歳で第一四八回芥川賞を受賞した。数十年来の推稿を重ねて、やっと世に問うまでになったという、ひらがなを駆使した横書きの短編小説が話題になった。ひらがなが幾つもの意味をもつ漢字を示唆し、言外の多様な意味を読みとることができた。親子の普通の日常生活のできごとの中に密んでいる社会的広がりのある不安感、どう決めるか基準の無い人生の岐路に直面して、迫られる危うい深刻さを秘める選択の予兆等、直接は表現されない暗示を理解することができ、この作品を評判通り高く評価している。

これらのことをふまえて、漢字、ひらがなを多用し文章を短くすることに努めた。重要な、重い意味のあることばも、一行の文章、あるいは一語に託して表現を試みた。執筆しているうちに脳裏に様々なことが想起され、それを全て取り入れて表現しようと工夫をこらした。努めているとある程度道筋がみえ、表現が形を成してきたので自分なりに納得できると思えてきた。

読み手に理解されないかもしれないとも思ったが、それはいたしかたない、読み手が作品を評価し、関心がなければ読まれることもない。芥川賞の選考会においても委員の意見は様々で、全員の意見が一致するのはめずらしい。これまで、興味をもってみてきたが、選考委員の意見が全く見当違いに思えてならないこともたびたびあった。

読者の理解のし方も問題であろうこともありうるとしたら、作品（エッセイ）が読者に問いかけをしてもいいのではないか等と思いめぐらし、例えば、右と左、人生と死、男と女、昔人と現代人、昔と今、喜びと悲しみ、難語とひらがな……等、相対立する概念を意識的にとり入れてみた。この両極端を読者はどう受け入れるか、読後の感想を聞くのも楽しみのひとつ……などと筆をすすめつつ、原稿締切りの日まで渾身の力をふりしぼって推敲を重ねていた。そして、エッセイとして寄稿した（横書き。204～205頁参照）

会報が発行されて、全く理解されていないことに私は衝撃をうけた。何か伝えたいことがありそうだと気づいた方々はおり、中央の出版社から国会図書館で拝見したのでと出版の具体的なオファーもあった。が、それにもまして理解されるべく再執筆すべきだと判断し、今回本書に掲載を試みるべく、書き直すことに専心した。充分書きされたとは思わないが、次頁以下に載せてみる。

（二〇一五年六月二十二日記）

フィレンツェで考え　そのごのご（二）

小説『日蝕』[*1]（参考1）は、学士論文を書き終えた巴黎《パリ》大学の神学徒が個人的な回想、或いは告白を神の御名に於いて誓い、頻る異常な体験を偽りなくかつ途中で筆を擱くことなく叙さむとするとき、拙き言葉の数々が主の（読者の）御許へと到かむことを願い、……上《かみ》へ誓いを録《シル》すことから始る。

一四八二年初夏、書状をたずさえルネッサンスの嵐が吹きすさぶ中世仏稜《フィレンツェ》の街へ亜力伯《アルプス》を越え孤《ヒト》り徒《カチ》にて旅へ立つ。異教哲学の排斥のためではなく、異教徒の誤りを徹底的に断じつつ、斯様な異教哲学を総体として我々の教義の下に服せしめてゆかんがためにである。天使のような無垢の少年ジャン、異端の聖ドミニコ派僧侶ユスタス、鍛冶屋のギヨオム、異端審問官ジャック・ミカエリス、人里離れた洞窟で求道者の雰囲気漂《タダヨ》う老錬金術師ピエェル・デュファイの業、黒化《ニグレド》に続く白化《アルベド》の作業、更に赤化《ルベド》の過程に成功すれば目指す賢者《ケンジャ》の石が得られる。或る日の夕刻ピエェルは悪魔の往来があるとの噂がある、森へ行く。或る濃密な予感が溢れ私は後を追った。闇は濃くなり洞窟の口に近づき、火をかざし洞門を潜った。怯怖があった。奇とすべきは或る抗し難き力に引き摺せられるように、その先へ、奥へと……私は怙かに其処に導かれた……石像であろうか、石に縛《イマシ》められたるものは巷説に聞く錬金術の人造人間《ホムンクルス》……悪魔たるには美しすぎる。私は眩暈を覚えた。然れど……両性具有者《アンドロギュノス》……。夜は、重く、生温《ナマアタタ》かい獣のような寝息を吐いていた。この日を相前後して村では奇妙な熱病が流行し、死者が出た。詰まらぬ争いが起き、酒宴は狂的になり、天変地異が起る。クライマックスの日蝕の日に登場する両性具有者《アンドロギュノス》、魔女狩り、焚刑《フンケイ》の処《ショ》、……。

難解な文体を読み終えた感動は、主人公が研究室に戻り蒼空《ソラ》を見上げ　あの両性具有者《アンドロギュノス》は何だったのかと回想する場面の描写にも共鳴して、私の旅の契機《キッカケ》の一つともなり、『沖縄医報』表紙写真の高揚した説明文[*2]（参考2）ともなった。[*3]（写真1）

ガリレオの業跡の新発見が今世紀にもなされている[*4]（参考3）。古代の占星術はガリレオの科学的発見により神話の領域へと追いやられてしまっているが、我々は己《おのれ》の脳で理解しうることしか理解できない。ニュートンの科学的思考は「引力

写真1　小高い丘に囲まれたフィレンツェ市街のズームアップ写真。ミケランジェロ広場より写す。

は重力に比例し、距離の二乗に反比例して減弱する」と表現されなければ万有引力の法則の発見の説明とは成らないという。「リンゴが木から落ちる」比喩は文学的、あまりにも文科系的に過ぎた表現であって、科学の専門家にとっては理解し難いことであり、これは「現代のささやかれる神話」に等しく、伝説の人になったとされるニュートンの例にも劣らない。

科学技術が進み興味ある専門分野の情報が豊富にわかり易く、至極たやすく手に入る様《よう》になってきた。私は今の時代に在って宇宙の始まり、生命の誕生から宇宙の死に至るまでを識ることができる。

地球からみる宇宙の渚には毎日三万トン、小さいもので径〇・四センチのすい星（流れ星）が辿り着き、これは〇・〇一立方メートルの粉末が地球の一平方メートルの表面に毎日一個の割でシャワーのように降り注いでいる計算となる。さらにすい星には生命に欠かせない、原始地球にはなかった必須アミノ酸グリシンが含まれているという*（小惑星「イトカワ」から日本初の宇宙探索衛星ハヤブサが持ち帰った微粒子一五〇〇個の分析から初めて解った）。

太古より、数千年〜数万年来、昔人が暗黒の闇夜で天空を仰ぎ見、そして満天の星と流星群に感動し、星に夢を託して祈った行動は、昔人が脳内で直感的に感じた真実（真理）で

＊　私は報道により知り、計算もしてみた。数字は厳密ではない。それでも文学的表現としての数字のもつ意義は強調できる。

あって、私達人類や生命の起源が宇宙のかなたよりもたらされたとするこの現代の専門家群の実証は、所詮《しょせん》、昔人と現代人との認識は（が）本質的には変わりないことを示しており、その事実を知ることは感無量なコト極マリナイ。[*5]

昔人は偉大である。同じく子供も偉大である。本質を知っている。幼い、あどけない表情が我々大人の心を打つことがあり、人生をこれから歩む子供たちのために童話がある。大人が読んでも面白い。一九四〇年にピノキオ童話はアニメ映画に製作された。小学校時代に映画見学（当時は集団の学校行事も多かった、懐かしい楽しい記憶）で見た。ピノキオがくじらにのみこまれるシーンは、聖書のエピソードがベースで、海のないフィレンツェで育った作者がこのシーンを描いたとき、それは迫り来る大航海時代の予兆を暗示することになる。

斯《カク》して、「星の王子さま」（61頁＊1参照）、「鉄腕アトム」、宮沢賢二の「銀河鉄道の夜」[*6]の世界がみえてくる。しんわはひとにかんめいをあたえる。[*7]ますますしんわにはいっていきたい。いけない。

人生をいきなくては。人生にかしがある。[*8]

サンタ・クローチェ教会の内部には両側壁面を背にして肖像画や、ミケランジェロ、ガリレオ、ロッシーニ、マキャベリの墓、ダンテのモニュメント等、イタリアの偉人たちの眠る墓所がある。日本のお寺参りの風景と似ているが、とりわけガリレオの墓所前に献灯（蠟燭《ローソク》）が多かった。（写真2）

メメントモリ（らてんご）[*9]。キリスト教社会は死後の復活を渇望して天国への道をリアルに、ディープに信じる。死を畏《オソ》れない。

キリストが全能ならなぜ人に殺されたのか等、宗教は残酷との批判は数多い。

西洋には〝常に死を意識せよ〟という思想が根強くあり、著作物も枚挙にいとまはない。歴史上、伝統的にその思想、〝死の文化〟は生活にも根づいている。死者の頭蓋骨を建物の壁面に数千個も埋め込んだ寺が観光地として紹介されたりもする。スペイン広場のヴェ

写真２　サンタ・クローチェ教会内に在るガリレオ・ガリレイの眠る墓所

ネト通りに四〇〇〇体もの骸骨を有する骸骨寺がある。

草食系の日本人には覚悟を決めて対面せねば気を失うことになるかもしれない。キリストが十字架の上で処刑され、三日後によみ返ったというキリスト教の教えには天国もある。「自らの死を前にしてその前にどう生き抜くか」が問われているとも洞察される。

旅から得た情報、旅に使った道具、留守中に溜まった郵便物や新聞等の情報を整理し、翌日からは診療が始まり、外出の機会も減った。帰国して二、三日すると、両足底部の体重のかかる部分に水泡ができ、しだいに大きくなってきた。歩き続ければ固い足まめになったのであろう。とりあえずこの経験もめったにないことで、友人に話しても聞き流されることであろうからと、写真を撮った（いつだったか、バレーボールを始めた時、信じてもらえず、チームの記念写真を見せたことがある）。痛みのひどさや、痛みが生活に与える影響、私のこの自覚症の大きさに比べると、撮られた写真は、何の変哲もない、水泡の厚さも薄っぺらな写真であった。

歩くと激痛を覚えるようにもなったので、歩くのがおっくうになった。それで水泡をつぶすことを思いついた。* 不潔になり易い所なので感染も心配したが、思いきって針で突いてみたら貯まっていた水が抜け、拍子抜けするほどあっけなく普通に歩けるようになっ

＊　この部分は薄気味悪く不潔で、最後まで記述をためらったが、メメントモリの酷さに比すれば許されると判断し書いた。

た。憂鬱な日々からも解放された。勇気を出して解決策を実行するのもいい。

もう二十年ほども前から医師会では「歩け歩け運動」が必要と言い広められていた。二〇〇〇年（平成十二年）に医師会主催の第一回ウォーキング大会が開かれた。実行委員会が結成され、実に、発案から実行まで一年の歳月を要した。大学教授のアドバイスを受け、歩き方指導者を選び、「歩くことの意義、必要性」をどう県民に広めるか、広報の係り、会場設営、大会参加者の歩行中の体調不良の心配、救急救命班の割り当てまで、初めて行うイベントに大きなエネルギーを組織的に注いだ。思わくはある。利用しようとする人達もいる。自分の意見だけが通るものでもない。目に見えぬ隠れた努力も必要だ。一人でできるコトでもない。「歩け歩け」は命令ではなく自分で実行することだ。それで「あるこうあるこう」である。

人生も同じである。あるくしかないではないか。まえに向ってすすむ以外ないではないか。高村光太郎も言っているではないか、「僕の前に道はない　僕の後ろに道ができる」と。

……

而《シカ》して思ふ。

あるこう。あるこう。まえへすすもう。

研究があらゆる分野で凄まじい勢いで進められて、手元に情報が届いている。それもさまざまに加工されて理解され易い様に提供される。書店にはその時々のトピックスとなる関連本が数十点も並んでブームをつくる。ＴＶ放送各局は朝、昼、晩と視聴者を意識した言葉で番組をつくる、専門的な内容、ビジュアル化した本、週刊誌、月刊誌、漫画世代やインターネットを介した情報も数多い。読者が自分の好みに応じた伝達ツールで手に入れることは個人の自由裁量の範囲である。誰でも自分の理解し易い媒体で情報を得ることができる。専門書に書かれていることも漫画で表現されていることも、レベルの差異はあっても内容が異なることはないのであろう。

二千年以上も前に書かれた「黄帝内経」の中の衛気と営気は、現代免疫学の「自然免疫」と「獲得免疫」に該当するという免疫学基礎研究者による説があり（参考4）、解明可能な分析技術を豊富にもっている現代人の新たな研究課題ともいう。解決されれば昔人、神話の時代の先人の正当な評価が可能となり、期待される。

神話の時代にキリストが生まれ、ヨーロッパではキリスト教世界が長く続き、十三世紀末にルネッサンスを迎える。コロンブスは一四九二年にアメリカ大陸を発見し、自然科学が芽ばえる。そして今世紀に入って科学の世紀を謳歌している。インターネット、ＥＢＭ(evidence-based medicine)、ゲノム研究は予想以上に早く進展し、遺伝子診断、遺伝子治療は現実のものとなった。ロボット手術ダヴィンチ、[*10] ｉｐｓ細胞、ビッグデータとオピニオンリーダー、ｉＰａｄ、そして「紙の書籍を自炊する」[*11]（参考5）ことも可能な時代になってきた。わかりやすく簡明に解説をしてくれる。

現代の神話を聞いている。あくなくしんわをきける事はさいわいなことである。[*12]

（二〇一五年六月二十二日記）

参考文献

1　平野啓一郎「日蝕」『新潮』一九九八年八月号掲載（第一二〇回芥川賞受賞）
2　フィレンツェ・ドゥオーモ(Ｄｕｏｍｏ)『沖縄医報』二〇一二年十一月号、「表紙の言葉」
3　ガリレオ自筆の絵発見「星界の報告」特別な一冊『沖縄タイムス』二〇〇七年三月二十九日付掲載
4　高橋秀実「免疫と漢方：黄帝内経に啓示された古代人の智慧」『日東医誌』六四（1）

一－九、二〇一三年
5　第七回沖縄県女性医師フォーラム「ＩＴを使いこなす?」、講師・篠原直哉、県医師会館三Ｆホール、二〇一三年七月二十日開催

＊1　『日蝕』の物語はすでにどこかに書かれたものとの評があり、歴史的に実在した事実を積極的に戯れて書き進めたフィクションともいう。「巴黎に帰って数箇月後の一四八三年八月三十日、ルイ十一世が六十歳で没し、翌年の八月十二日には時の教皇シクストゥス四世が七十歳で没した」と小説の中で詳細に記述されており、本質的な問題にｒｅａｌに切り込む作者の姿勢がみえてくる。難解な文章であるが何回も読み返しているうちに解ってくる場面がある。解説(四方田犬彦)を念頭に入れて読むと理解も深まる。
＊2　フィレンツェ・ドゥオーモ（Ｄｕｏｍｏ）サンタ・マリア・デル・フィオーレ大聖堂
ルネッサンスの街フィレンツェを訪れてみたいと願っていたが、やっと今年のゴールデンウィークに実現した。神中心の中世から人間中心の近代へダイナミックに転換させた巨大なエネルギー。ダ・ヴィンチやミケランジェロ、ラファエロの三大巨匠に止まらぬ幾多の天才達が、三百有余年に渡って築いた遺産はイタリアの都市ごとに残っている。

街の中心にあるドゥオーモ（大聖堂）広場からシニョーリア広場、ウフィッツィ美術館、

ベッキオ橋は観光客がひしめく繁華街でガイドに案内され、自由行動の半日は目いっぱい一人で目的地を訪ね歩いた（この地は原則乗り物禁止、徒歩で観光する）。

この写真は街全体が見渡せる小高いミケランジェロ広場から写した。そして夜、再びオプショナルツアーの後に案内されたミケランジェロ広場は周りを小高い丘に囲まれ、雲一つない３６０度見渡せるうす明るいカラッとした青空。宇宙の果てまでも体感させる無限の広がりに、地中海性気候を体感し、ダ・ヴィンチ、ガリレオ・ガリレイを想起させた天空があった。

そして今、広い運動場でウォーキングをした後にふと見上げる青空にあの天空を想う。

＊３　写真はフィレンツェを代表する大聖堂である。小高いミケランジェロ広場から写したものを（会報の）表紙を飾るのにふさわしくズームアップし、トリミングした。しかし、私の頭の中は説明文に書いたような興奮した気分が抜けきらず、製本化された会報をみてはじめてその写真と説明文との乖離に気づいた。

＊４　ルネッサンスも、イタリア・フィレンツェも輝ける歴史の中で、何世紀にもわたって、文化、芸術、社会、科学、あらゆる分野でそれぞれの研究や幾多の専門家の業績が残っている。遅れて来た私が今さら何を記述する—という懸念もあったが、新聞切り抜き帳（スクラップブック）の中にこの記事を見つけた時、驚き喜んだ。今からでも、私

が私の体験を執筆していいのだと、私の発見を記述する勇気を与えられ、背中を押された感じがした。

＊5　「こと」がしつこくくり返し書かれているがこれは木村敏著『時間と自己』（中公新書、一九八二年十一月初版）で、「こととしての時間、ものの時間、ことの時間、ことはことばによって語られ、聞かれるものである。」に感銘を受けたことが根底にある。

分りやすく、ものは海、空等の事物、ことは行為、イベント等と解釈できる。

最近、沖縄の観光産業にもものよりことを重視しようという動きがある。これは従来の亜熱帯地域の青い海、空、景観に加えて、歴史や文化、生活やそこで行われるイベントにも注目して観光事業を広げていこうという動きであり、嬉しくなる視点である。

＊6　銀河鉄道に乗ってジョバンニが宇宙を目指す。途中、列車から降りる人がおり、隣のおじいさんに彼はもう返ってこないんだよ。……と、即ち、死を知らされる。

隣に居た人があっけなく死んでいく。子供の頃、小学生の頃、クラスで毎年、人が減り、〝死んだ〟という噂も聞いた。終戦後、野山に散らばっている鉄砲弾を集めビー玉遊びのようなゲームも流行った。薬きょうが残っていて爆死したといううわさ話もあって、紙芝居で危ない遊びはやめましょうと呼びかけていた。「♪～菜の花ばたけ～に……おぼろ月夜～」の歌を唄っていた紙芝居のおじさんの声に、死をもの悲しく自覚したことを思い出す。

＊7　かんめい。童話は一見、簡単明瞭である。そして感銘を与える。童話、神話の世界をまだ知りたい。読み耽りたい。専門家はだしのこともしてみたい。入っていきたい。しかし、そこには行けない。やってはイケナイ。のめりこんではいけない。身心を消耗し、年をとっていくだけなのだ。そして地上の列車から降りていくことになるのだ。それでいいのか、それで後悔しないのか、節度をもたなくては……。

現実の世界を生き抜かなくてはいけない。

＊8　瑕疵、人生は不条理である。加うるに作詞家、阿久悠の「甲子園の詩」に石巻の高校の残念、無念、「君らには一イニングの貸しがある。青空と太陽の貸しがある」の歌詞が脳裏に浮かんだ。リベンジの権利を高らかに誇舞した。人生にあってもいいと思った。

＊9　メメントモリ。死を思え。〝らてんご〟は立ち止って考えてみようと注意喚起するために敢えてラテン語と表記せず、ひらがなで書いた。

＊10　手術支援ロボットは人工智能を有し、手術侵襲が小さく高度な外科手術の技術習得に役立っている。一台数億円もする。本邦で急速に普及し、二〇一五年二月現在トレ

ーニング用含め一八八台、臨床用で一七七台が納入され、本邦は世界第二の保有国になっているという。

＊11　医学、医療の進歩は凄まじいものがあり、この十年間で学生の覚えるべき知識は二十倍になったとの現役教授の話があった。本を丸ごとコンピュータにとり込み閲覧することができ、果敢に挑むモーレツ医師群がここにもいた。問題をいろいろ含み反省もある。今では大切なこと、基本的なことを重視する教育革命が静かに進行している。

＊12　今に生きて、あらゆる情報が手に入り、悪意の無い、飽きのこない情報に接する至福のトキがある。

心の貧しい者はさいわいである、天国は……

悲しむ者はさいわいである、その人は……

柔和な者はさいわいである、その人は……

義に飢えた者はさいわいである、その人は……

……

多感な中学生の頃、フェフナー司祭の外人特有のソフトな日本語が耳に残っている。さいわいは聖書に幸とも幸福とも訳されている。複数回くり返すので、「さいわいなこと」である。

おわりに

システィーナ礼拝堂のことも書きたかった。予想した通り、出入口は小さく混みあっていた。中に入ると日本の多くの観光施設でみられるような係員の整理や順路はなくごった返していた。しばらく、時を経てたたずんでいると視覚的にも、聴覚的にも錯覚のような経験をする。その件や、ヴェネツィアで訪ねたアカデミア美術館のこと等も書いておきたかった。これから時を重ね、年齢を重ねて、そのことを執筆したいと思っている。

同時に小説『道化師の蝶』も気になる作品である。例えば、この小説の冒頭は、
「何よりもまず、名前があ行ではじまる人々に。
それから、か行で、さ行で以下同文。
そしてまた、名前が母音ではじまる人々に。
それからbで、cで以下同文。
諸々の規則によって仮に生じる、様々な区分へ順々に。
網の交点が一体誰を指し示すのか、(略)

旅の間にしか読めない本があるとよい。

旅の間にも読める本ではつまらない。なにごとにも適した時と場所が（略）」

さらに読み進めていくと、

……きちんと意味を掴む本は『逆立ちする二分間に読み切る本』のような形をしており、つっかえつっかえ記されていくそのお話の……

『腕が三本ある人への打ち明け話』が載っている本はまさしくその人にしか理解はいかない。初期の大ヒット作、『飛行機の中で読むに限る』は話題になったが、……果たしてやはり、『通勤電車で読むに限る』、『高校への坂道で読むに限る』の失敗作に続き、ほとんどヤケッぱちに書いた『バイクの上で読むに限る』独逸語版が見事ベストセラーリスト入りし、……『〜で読むに限る』シリーズは読む場所探しのゲーム感覚で人気を得た。

「飛行機の中に蝶がいた」。……奇抜な経営方針で大金を得たビジネスマンのエイブラムス氏は墳然として捕虫網を……、
と小説は展開する。

理学部卒業の円城塔氏のこの作品は奇抜な発想、叙述で理解しがたいことが数多く書か

れている。芥川賞選考委員会でも評価のしようがない程わからないことが多かったそうだが、委員の一人が「現代の宇宙時代は、異次元の超ひも理論が根拠になって結果を出している。今、解らなくても、この作品は何かを訴えている。賞に価する」との発言に、積極的な反対論もなくて授賞が決まったという。

私はこの作品を読みこなし、これから一段高い次元の文章が書けるものかと深慮していた。そんなある日、本屋で偶然にも最先端の理論物理学、超弦理論を分り易く解説した本を手に入れた。『超《ちょう》ひも理論《りろん》をパパに習《なら》ってみた　天才物理学者《てんさいぶつりがくしゃ》・浪速阪教授《なにわざかきょうじゅ》の70分講義《ぷんこうぎ》橋本幸士《はしもとこうじ》著、講談社発行』。http://sites.google.com/site/naniwazaka/で紹介されている。

平凡な女子高校生向けに執筆されたというこの本はその意図やストーリーは理解されるものの、中味は物理学の数式も多用されていて、結局、よく分からないのである。奥付けをみると、二〇一五年二月に第一刷発行、私が手にした本は五月に第四刷目の発行となっている。ということはよく売れている本なのであって、私が診療の合間に手にとり、少しずつ読みすすめ理解に努めていると、いつかは分かってくるものだとも思うのである。

そして数年後、私が新しい知見を得て、書きたい事を執筆できるとき、その出来事もその時点では常識となっていて、ひょっとすると旧い(古い)ものになっているかもしれない。

しかし、それはそれでよいのかもしれない。さらに言えば、それは望ましいことかもしれない。同感する者、理解者が増えているということにほかならず、話は通じやすい。コミュニケーションの層が増えたということにほかならない。その時には、さらに（一段上の）目標が見えてくるのかもしれない。意欲はさらに増してくる。

85 歳の元大学教授女史

先生こんな歌知ってる？　いい歌があるよ。西行法師だよ。

　願わくは　花のもとにて　春死なん
　そのきさらぎの　これは２月のことだよ。

　もちづきの頃　これは十五夜のことだよ。

――そういえば昔……。

当たり前だよ。西行法師は昔の人だよ。昔からあるよ。この歌は。

――イヤ、昔、中学の教科書に出ていたのを思いだした。

そうだよ。有名な歌だよ。

しばらく忘れていたが。

ひょいと出てきた。

何の花だろう。花のもとにて、とは。２月の花とはどんな花だろう。３月はヤヨイ。４月は…。ハヅキは８月。ムツキは１月。あぁ忘れている。６月は…。

我が人と終わりにける。


ちょっとしたことで疲れる。

いいゃ。老人の道、登りきってみせる。

……

今日は嬉しいよ。

卒業生が遊びに来てくれるってよ。


ふと見ると両目がみるみるまっ赤になって……

あとがき

本書の題名が決まったとき、それでよかったのかと私は思いを巡らせましたが、読者の評価に任せたい心境にもなりました。

これまで七十一年、生きてきて、様々なことがあった。本誌掲載のエッセイだけをみても様々で、書き方や、評価は時の経過によって随分異なってくる。

雪ほりの話を書いた随筆「命どぅ宝」を読み返していた今年一月、毎年やってくる冬の季節に豪雪地帯で、屋根から雪おろし最中に起こる転落事故を予防する研究や、十年の歳月を要して特許まで取得した雪下ろし機器、〝スベルーフ〟の紹介を知った。今の時代では、私の書いたエッセイの記述は少々ハメを外した感もあったが、チョビ髭を生やしたドクター、ハッスルマン氏を懐かしく思い出させた当時の真実でもあるのでお許しいただきたい。

二十代前半の私の学生時代は、菊池寛や芥川龍之介らの作品を愛読していた。とくに「恩讐のかなたに」、「藤十郎の恋」などに出てくる僧侶や藤十郎の使命感、人命救助、芸術に捧げる残酷なまでに真摯な生きる態度は若き学徒に理想、希望を育ませた。また芸術至上主義とされる芥川の死を悼んだ盟友菊池が、自ら創設した月刊誌文芸春秋に〝芥川賞〟を設け、現在もなお隆盛を誇っていることにも感銘を受けている。

「一人の努力、苦労で多数を救えるのなら、どんな酷いことにも耐える意味がある」という考え方、思想に共鳴していた。

私が医師となり、医師会に入会し、その折り折りに書き留めた随筆は、その時々の私にとって懸命な作業の一つであった。そして時間軸でみる今、まとめて再現できたことを喜ばしく思っている。と同時に、社会や、人との関わりなくしては成しえない、または生きてはいけないことも痛感している。ここにすべての医療関係者、医師、医師会関係各位および家族に感謝する。

本書の出版に際し、ボーダーインクの新城和博さん、ヴァリエの池宮照子さんにお世話になりました。御礼申し上げます。また、出版業界不況といわれているなか、読者の皆様にも有り難く、感謝申し上げます。

二〇一五年十月

喜久村徳清

表紙写真　ローマ　真実の口（本文 172 頁参照）
裏表紙写真　ローマ　スペイン広場。
　カルパッチョの噴水よりスペイン階段、
　トリニタ・ディ・モンティ教会を望む（本文 162 頁参照）
（いずれも著者撮影）

喜久村徳清（きくむら　とくせい）

１９４４年３月　台湾新竹市生れ
那覇市首里出身
那覇高校、九州大学医学部卒業

現在
医学博士
日本老年医学会専門医、日本東洋医学会専門医
日本医師会認定産業医
沖縄県九州大学同窓会副会長
沖縄県医師会監事
三原内科クリニック院長
　　沖縄県那覇市三原二丁目 30-5

人生にかしがある
　旅ゆけば…ドクター、折々の思索

2015 年 11 月 15 日　第 1 刷発行

著　者　喜久村徳清
発行者　宮城　正勝
発行所　㈲ ボーダーインク
　　沖縄県那覇市与儀 226-3
　　http://www.borderink.com
　　tel 098-835-2777　fax 098-835-2840

印刷所　㈱東洋企画印刷

ISBN978-4-89982-290-5　KIKUMURA Tokusei 2015　printed in OKINAWA Japan